夕べの声

yube
no
koe

村野幸紀

Murano Yukinori

冬花社

夕べの声◎目次

I

旅　84

雲　102

Ⅱ

装画　岸田ますみ
装幀　大槻慎二

夕べの声

I

白木蓮

妻が高校時代の友人と会う、と言って外出した。風の強い朝だった。ベランダから外を見ていると、向かいの丘のふもとの寺の木立の中に、白い大きな塊が見えた。ああ、今年も白木蓮が咲き出したのだと思った。白木蓮のことを、イタリア語では、マノーリャ・ジャポネーゼというのをふと思い出した。アントニオ・タブッキの短編「書かねばならない手紙」を読んだ時知ったのだ。その小説は、妻に先立たれた老画家が、生前言えなかったことを彼女に手紙で伝えようと思うのだが、結局「いつか本当のことを書く」と記すだけで終わってしまう、という筋書きだった。その短編小説のなかに、ある夕暮れ、庭の白木蓮の木に、かたまって咲いている花の様子を、まるで白い甕のようにだと描写する一節があったのだ。

そんな取りとめもない思いを巡らしていると、居間のほうで電話が鳴った。電話の声に聞き覚えはない。話しているうちに、この人は、妻が会いに出かけた高校時代の友人のご主人だと見当がついた。電話の趣旨は、「実は奥さんに直接伝えたかったのですが、家内は二年前から認知症が始まっていて、奥さんとお会いして話をしているうちに、何か不都合なことを言い出すかもしれません。だが、医者が言うには、家に引きこもっているより、知人などと会話して気を紛らわすほうがよいのだそうで、わたしはあえて家内に外出するように勧めたのです。まことに恐縮ですが奥さんにはお帰りになったらその旨をくれぐれもよろしくお伝えいただきたい」というものだった。わたしは、妻からそのことはすでに聞かされており、妻も十分承知の上なので、ご安心願いたいと答えて電話を終えた。

昼飯をすませてのんびりしていると、友人のAから電話があって、Kが亡くなり葬儀が某日にあるということなので、伝えておくと言った。Kもとうとう亡くなったのか。Kが脳梗塞で倒れたのは四年ほど前のことで、それ以降入院生活を続けているのは承知していた。だから、その死を予想しないでもなかった。しかし、死んだと聞くと悲しみが湧いた。K、AそれにNとBとわたしの五人は、わたしがある会社に入社した当初、九州のある都市所在の支店で一緒に社会人生活を始めた仲間だった。その後、所属する部署がいろいろと変わった後でも、またそれぞれ退職したあとも、ときおり交流を続けてきた間柄だった。とにかくKの葬儀には列席しなくてはなるまいと思いつつ、礼服はどこにあったかなと考えた。

告別式が執り行われたのは、偶然のことだが、わたしの家の墓がある東京の郊外の寺院だった。葬儀会場は三箇所あって、Kの斎場は一番小さいものだった。山門をくぐる時一緒になったNと連れ立って斎場に入った。葬儀の開始にはまだ時間があって、葬儀場に人の姿はまばらだった。祭壇をうずめる花に囲まれてＫの写真が飾ってあった。Ｋはふっくらした頬をして、にこやかな顔で笑っていた。淡い黄色の開襟シャツがよく似合っていた。わたしはＮと二人で斎場の二階の控え室に、遺族に挨拶するために向かった。

　控え室は畳の部屋で、すでに到着していたＡとＢは部屋の隅にかしこまって座り、Ｋ夫人と話をしているところだった。夫人の説明によれば、Ｋの死因は脳幹の疾患によるものだという。入院後はかろうじて会話はできたが、身体は全面的に衰弱し、車椅子の生活を余儀なくされたようだ。最後は呼吸器の障害で亡くなったという。脳梗塞としか聞いていなかったが、致命的な病に取り付かれていたのを初めて知った。

　Ｋの長男が挨拶に来たが、その容姿も声も若いときのＫに生き写しで、一瞬時間が逆流したような錯覚を覚えた。葬儀には遺族、親族のほかには我々仕事仲間、それに学生時代の友人が数人参列した。寂しいと言えば寂しいが、きわめて親密なこころのこもった式だった。お別れのために、花にうもれた棺の中の遺体と対面した時、あのふっくらしたＫの面輪はすっかり失せて、痩せて頬骨が突き出ているのを見出して慄然とした。苦しまずに安らかに亡くなったと、未亡人は語ったが。Ｋの死顔を見つめているうちになんとも痛ましい気持ちがこみ上げてきた。

日脚が長くなってきて、鶯も鳴きだした。昼食後わたしはいつものように、部屋にこもって本を読んでいた。モンテーニュの文章を拾い読みしていると、人間の年齢に関する記述が目に入った。世間では高齢まで生きて老衰で死ぬことを自然な死だと考えて、高いところから落ちて首の骨を折ったり、難破した船から投げ出されて溺れ死んだり、ペストや肋膜炎にかかって死ぬのは、いかにも自然に反することだという風に考えているようだ。しかし、こんな美辞麗句に踊らされてはいけない。むしろ、事故や災難、病気で死ぬほうが、どこでも見られる普通のことではないか。老衰で死ぬなどということは、むしろユニークで異例と言える死に方なのだ。だから、老齢者は今達している年齢そのものが、普通はあまり達することの出来ない年齢なのだと、考えるべきだ……、というのが、モンテーニュの意見だ。十六世紀、彼の時代のヨーロッパの平均年齢は二十歳を大して上回らないものだったらしい。その時代六十歳近くまで生きたモンテーニュは例外的に長寿であったから、さきのような感想を抱いたのかもしれない。

　モンテーニュはまたこんなことを書いている。

　年老いて「神様から生命をすこしずつ差し引かれている人間は、主の恵みに浴しているので、これこそ、老年を迎えての唯一の恩恵ではないか。最後の死が訪れても、それはそれだけ希薄にして、苦痛も少ないものと思われる……その死はもはや人間の半分、いや四分の一ぐらいしか殺さないのではないか……。こうして、わたしは崩れ落ちて、自分から流れだしてゆく。すでに、これほど進行している落下現象なのに、それをまるで、全体が一挙に墜落するように感じてしまうとしたなら、わが理性はなんと愚かなものであることか」

　こうしたモンテーニュの死生観は、彼の謙虚で、中庸な人生観に支えられていたようだ。彼は記す。

「それにしても、われわれは大変な愚か者なのである。だって〈彼は人生を無為に過ごした〉とか、〈今日は何もしなかった〉などと言うではないか。とんでもない言い草だ。あなたは生きたではないか。それこそが、あなたの基本的な仕事なのだ、だって、あなたは生活のことに思いを巡らせ、それをうまく導いたではないか。それだけでも、極めつけの大仕事を成就したことになるのである。自然とはその姿を見せ、働きを行うのに運命の力を必要としない。人生のどの段階でも、自然は立ち現れる……幕があろうとなかろうと。人間にとって名誉ある傑作とは、適切な生き方をすることにほかならない。統治すること、蓄財すること、家などを建てるといったそのほかのことは、せいぜい人生の付属品とか、添え物に過ぎない」

モンテーニュの言葉に十分納得したわけではないが、どこかほっとする気持ちにもなったわたしはKの死について、冷静に受け入れられるような気持ちになっていた。わが国の男子の平均寿命が七十歳をかなり超えた近時では、六十九歳のKの死は、すこし早すぎたかもしれない。しかし、細君や子どもたちの献身的な介護で、四年を超える闘病生活を全うした彼の人生は、決して不幸ではなかったのではないか。発病後、彼はしきりに、九州のあの町での会社生活のことを、話題にしていたという。あの頃は楽しかったと、周囲に話していたという。それを聞いて、葬儀に参列し、お別れをつげることができて、やっぱりよかったという思いがしていた。実はわたしは、彼が発病したと聞いてから見舞いに行かねばと、ずっと考えていた。しかし、入院する前の彼の様子はすこし異常といってよく、たまに彼に会ったものの報告では、常にいらいらし、人と争う様子が見られたという。もともと彼は、表面的には穏やかで、人付き合いもよく、仕事熱心だが、プライドが高く、信念を曲げない一徹なところもある男だった。社会人生活の後半、出向先での不慣れな海外勤務で、かなり苦労して、すこし偏狭になり、無口で扱いにくい人間となったと伝え聞く彼を、昔のような態度で接して、そのこころを傷つけないで見舞うことが出来るかどうか、わたしには自信がなかった。仲間のうちでも、Ｋともっとも親しく、人間関係にごくごく屈託のない性格のＡですら、Ｋの病床を訪れる件については、逡巡を見せていて、発病後の彼とは、おのずから疎遠となっていたのだ。しかし、彼の病気は、心因的なもの、すなわち精神的な葛藤、苦悩から生じたのではなく、純粋に身体的なことが原因であったということならば、我々の逡巡に余り根拠がなかったかもしれないと思えるのだった。もっとも、その考えは、大方が自分に都合のよいあて推量で、いたずらに時を過ごしてしまった自分に対する都合のよい言い訳かもしれなかった。だが、遠くから彼の回復を祈っていたやり方が、それほど不人情だったとも思いたくなかった。告別式が終わって街に出て、遅い昼飯を取りながら、我々は亡くなったＫについては結局ふれずじまいだった。それぞれがＫと共有した時間をそのままそっと胸のうちに収めておきたかったのかもしれない。

　不意にドアが開いて、「お天気がいいのだから、散歩でもしてきたら。いつも部屋にこもっていたのでは身体によくないわよ」と言う妻の声がした。

「自分のペースで生活しているのだから、ほっといてくれ」と妻には聞こえないように答えたが、事を荒立てても仕方がないと思い直し、外出着に着替えて繁華街のほうに散歩に出ることにした。いつものように、街まで三十分の距離をぶらぶら歩いていった。途中、市民公園の柵の外からのぞくと、早咲きの桜が満開で、紅梅やミモザはもうすこし色があせ、池のほとりには菜の花がまぶしく光っていた。街を流れる川の上空を、渡りを控えた海鵜が数羽、覚束ない隊列を組んで飛んでゆく。街川はこのところ雨が多かったのでいつもより水かさが増しているように見えた。

　川沿いのある家の庭に、白木蓮の巨木がいっぱいの花を咲かせて、うすい藍色の空に向かって立っているのが見えた。またあのタブッキの短編を思い出した。あの小品は、老画家が孤独な日々の中で、生前伝えることの出来なかった思いのたけを、亡き妻に手紙に記そうとして、かきなずむ様を描いたものだった。少なくとも、表面的にはそう考えられる。しかしわたしはふと、画家が手紙を書こうとしている相手は、実は亡き妻ではなく、別の女性ではなかったのかと考えた。その理由のひとつは、作中に出てくる娘と息子の年齢が、画家の子どもにしては、あまりに幼いことだ。

もうひとつの理由は、この作品を含む短編集について作者タブッキが、別のところで記した文章にある。著者の覚書に寄れば、この作品集の作品はすべて、結局破局に終わった愛の物語だというのだ。だとすれば、二人の子どもを残してなくなった妻に対する恋情を、黄泉の国の妻に手紙で伝えたいというのでは、すこし平凡なような気がしてくるのだ。画家の書くべき手紙は別の女性、中学生くらいの少年少女を残して死んだ、彼の義理の娘に対する、生前は押し殺していた恋慕の念を綴ろうとするものではないのかと、想像してみたくなった。

作中に描かれた女性像は、画家が決して手を触れてはならない存在として読むことが出来るからだ。いずれにしても、作品集のほかの短編どうよう、謎を含んだ作品で、うわべの美しさの底に不気味な気配を秘めている。タブッキは覚書で、とにかくこれらの書簡体の作品は返事のない一方的な手紙で、もし返事があるとすれば、読者自ら記して欲しいと述べている。わたしはさっきまで読んでいた、老練な知恵から生み出された、モンテーニュのエッセイとは対蹠的なアントニオ・タブッキの描いた薄暗い闇の世界に引きずり込まれてゆくような気分になっていた。とにかく、老後の今、わたしの生きるべきは平明な世界でなくてはいけない。さすれば、ここは気持ちを立てなおすに如くはない。そう思い直して花の下から去った。

　散歩から帰り、妻と四方山話をしているうちに、いつしかわたしたちは各自の友人のことを話題にしていた。妻は認知症の始まった友人のことをしきりに話題にして、「原因は判らないけれど、だれでも認知症になる危険はある。わたしだって何時発病するかもしれない。わがままなあなたに、日ごろから心配させられてばかりいるから、わたしが認知症になる危険度は高い」といって脅かした。それに、「亡くなったあなたの友人はあなたと同年齢でしょう。あなたも不摂生ばかりしていないで健康に気をつけなければ、いつそうなるか判らないでしょう」とお説教が始まってしまった。

　わたしは暮れかけた窓の向こうにみえる、丘のふもとの寺の境内に咲き誇る、白木蓮の花を、何も言わずに黙って見つめていた。

（二〇一〇年）

雪のあと

湘南の地に、思いがけなく降り積った雪も、この数日の晴天で日向ではもうすっかり消えてしまった。しかし、雪後の寒気は続いていて、もうすぐ三月になるというのに風は身を切るように寒い。腰痛の治療で出かけた病院の医師が、できるだけ歩いて、背筋を鍛えなければいけないというので、（背中の肉の脂肪分が多すぎるらしい）運動のために鎌倉の町まで出かけることにした。さいわい陽射しは暖かく、手袋をして、マフラーをしっかり首に巻けば、耐えられないほどの寒さではない。久しくご無沙汰している長谷にあるBという喫茶店を訪ねるのを心積もりに出かけることにした。

まず銀行に立ち寄り送金をかたづけて、駅裏のT書店を覗いてみた。ひょっとすると置いてあるかと思った、ユージーヌ・アジェに関係する本はやっぱり見あたらない。最近読んでいる、エドモンド・ホワイトというアメリカの作家の、『パリ散策』のなかで、アジェという写真家のことを読んで、少し詳しく知ろうと思ったのだ。

　アジェは十九世紀半ばにボルドーの近郊で生まれた。貧しい家の生まれだったから、若いときは水夫や、役者、絵描きなどを試みたが、生活は苦しかったようだ。十九世紀半ばといえば、パリはセーヌ県知事オスマンの、都市大改造が行われていた時代だが、パリに出たアジェは、都市改造で失われてゆくパリの街の景観や生活を惜しんで、失われてゆく記念像や、壁に張られた広告や、ショーウインドウのマネキンや、雨にぬれた歩道の様子や、ドアのノッカーや、物売りの姿や、街を行く辻馬車や……を片っ端から写真に撮ったという。その頃はまだ写真家という職業は独立していなかった。彼の写真は舞台美術家、映画製作者、タペストリーの工房などによって、改造以前のパリの姿を正確に再現するために使用されたという。

収入も少なかったせいだろうが、彼の食事は牛乳とパンとスプーンいっぱいの砂糖だけだったという。友人が彼の健康を気遣って、もっとほかのものを食べるようにと勧めたが、忠告に耳を傾けようとはしなかったという。パリの街角の風景を撮影した写真家は、彼のあと続々と現れたが、生きている間は、彼の仕事はまったく評価されず、その生涯は何も恵まれないで終わったという。

　書店の文庫本の棚から、『フランシス・ジャムの詩集』と『神曲』の地獄篇（三浦逸雄訳）を選んで買い求め、再び鎌倉駅に戻って江ノ電に乗り込んだ。長谷の駅で降りると、冬の週日だというのに、観光客が込み合っている。お目当ての喫茶店は、長谷の駅を降りて、由比ガ浜のほうへすこし戻ると、たどり着くことができた。二年ほど前に立ち寄ったときより、店内が少し明るくなったようだ。ジャーマン・コーヒーとドイツ菓子を頼む。ジャーマン・コーヒーはこくがあるのが特徴だと、中年のウエイトレスが言った。

　フランシス・ジャムの詩集をめくってみる。ジャムのことは、少年時代堀辰雄の著作で知ったのだ。そのあと、「月下の一群」ほか、堀口大学の訳で読んだ。ジャムの「回想記」も目を通した覚えがある。いま手にしているのは、手塚伸一訳の岩波文庫。この人の訳では平凡社の新書で『桜草の喪』などを読んだことがある。ゆっくりと頁をめくっていると、「ぼくの死ぬ日が美しく清らかであるための祈り」がでてきた、

……臨終の床のまわりに、……子供たちは駆けつけ、
涙を抑えて父親の顔をじっと見つめるでしょう、……
子供たちはぼくの死を恩寵のように思うでしょう。
神さま、ぼくの死ぬ日が美しく清らかであるようにしてください。
子供たちの手をしっかりと握らせてください。
そして、ぼくがこのうえない、穏やかな心をいだいて死ぬことができますように

読みながらわたしは、昨年八月八十二歳で生涯を閉じた長兄のことを思い出

していた。年初から体調不良となった兄は、二月に肺がんの手術を受けた。しかし、癌は完治せず全身に転移、夏に入ると著しく衰弱した。亡くなる数日前、自宅で臥せっている兄を、主だった親族が取り囲み最後の別れをした。兄は薄れてゆく意識のなかで、妻に、子どもたち、孫たちひとりひとりに、手をとられながら「ありがとう」という言葉を繰り返した。わたしたち弟、妹たちに対しても手を握ると「ありがとう」と告げて眠りについた。

もういちどジャムの「ぼくが死ぬ日が美しく清らかであるための祈り」にもどろう。

ジャムは詩の中でこううたっている。

あなたは、ご存知でしょう、神よ
幸福と人が呼んでいるものには何かが欠けていることを。
そんなものはありません、完全な光栄、愛、瑕のない花、
そういうものはけっしてこの世にはないのです。

そして、白いものには、必ず、黒いところがあるのです……

二十代のはじめに父親がなくなり、兄はいわば父親代わりとして、母とともに六人の弟、妹たちの面倒を見る立場に立った。潔癖で完全主義者だった兄は、年少者には厳しく接した。本質的には人情も良く分かり、優しい心根を持つ人ではあったが、厳しい時代を家族全員で生き抜くために、常に年少者を叱咤し、奮励するように心がけた。弟や、妹たちが独立した後は、三人の子供たちの養育にきわめて厳格に取り組んだ。

その結果はおおよそ良好であって、晩年は万事順調とは言わないまでも、兄は穏やかな生活を送ることができたのではないかと、わたしなどは考えている。だが、白いものには必ず、黒いところがある、というジャムの言葉のように、兄の性格や言動には必要以上に厳しすぎるところがあったのも否めない。

兄の意識が失われた後のこと、息子の一人が衰えた父親の手を握りながら、しみじみとこう言った。「生まれて初めて親父の手を心ゆくまで握ることができました」

しかし兄は内心では自分の年少者への接し方が、過酷で不器用あることは十分判っていたのだと思う。意識が失われてゆく中で、だれかれに向かって「ありがとう」と繰り返す姿を見ながら、わたしは不覚にも涙を抑えるのに苦労した。兄はきっと、この上なく穏やかなこころをいだいて、死ぬことができたのだと信じている。

（二〇一四年二月）

夏を惜しむ

——蟬さわに真昼の光惜しみ鳴く惜しむに値う夏ならなくに

歌人　永井陽子のこと

八月はじめのある比較的涼しい夕方、わたしは近所の総合病院のほうへ散歩に出かけた。ここへ引っ越してきた当時は、いま病院がある敷地には、県立の工業高校があり、放課後は学校のグラウンドで、運動の練習をする生徒の声が響くだけの閑散とした地域だった。今は、病院、それを囲んでマンション、住宅、薬局などがたちならぶ瀟洒な街区に変身して、格好な散歩のコースになっている。いつものように、病院の斜め前の小さな公園の椅子に腰を下ろして休むことにした。公園の隅の樹木のひとつに蟬がいて、不意にオーシンツク、

オーシンツク、オーシンツクツクと鳴き出した。つくつくぼうしの声を聞くのはこのシーズン初めてではないだろうか。そして、蟬がひとしきり鳴いたあとで、オシーヨー、オシーヨーと鳴き収めるのを聴きながら、昔作った短歌を思い出していた。

蟬さわに真昼の光惜しみ鳴く惜しむに値う夏ならなくに

この歌を作ったころはまだ若く、仕事にも、人生に対してもまだまだ意欲的であったから、これといって、特別なものを生み出せないでしまったその夏の日々の明けくれを、惜しむ気持ちになれず、苦い気持ちでやり過ごそうとしていたのだろう。しかし、老年となった今は、そんな不遜な気持ちはなくなって、過ぎてゆく日々をいとおしく、大事にする気持ちがつよくなってきている。そして、オーシンツクの声を聞きながら、過ぎていった日々の中で出会い、そして去って行ったひとの幾人かを、愛惜する気持ちが湧いてきた。

永井陽子もその一人だ。永井陽子は、短歌の世界で、いまでも忘れられてはいないようだ。全歌集も出版されているという。彼女の作品は、たしかに、長く記憶されてしかるべき魅力を持っていると思う。時代性を超越した、というか、端的には浮世離れした作品ではあるが。とはいえ澄明で、エスプリにみちた、過湿度ではないが、どこかしっとりとした叙情は、いまでもここちよく思い出すことが出来る。

ブランコを漕ぎいだすとき視野に入る古代の空とオニクルミの木
かなしみの天に繭ありかなしみがふかまるほどにひかる繭あり
たずねたずねて西海見ゆる城までを来たれば万のつくつくぼうし
ひっそりと世阿弥を読める隣室へ誰か来て弾くフランス組曲

いま手元にある彼女の第三歌集『樟の木のうた』を開いてみると、こうした作品に出会うことが出来る。おそらく彼女の二十代後半の作品だろう。

歌集のあとがきに、ある人が、「永井陽子には、遠いもの、はるかなもの、への愛がある。時間ならば古代や中世、空間ならば天や月や星、土地ならば、いかるがや大和、そして人ならば、昔おとこ、あるいは山彦」と記している。彼女の歌には、短歌特有の、私的な、生活的な感情はまったく捨象されているといってよいだろう。その点がある人にとっては、特別な魅力であり、別の人にとっては不満の原因となるだろう。時代は隔たるが、戦前の詩人で言えば、立原道造に限りなく近い叙情質の持ち主だったのではなかろうか。

　永井陽子との交流は、一九八一年わたしがはじめての歌集『花信帖』を彼女に贈った時から始まった。遅く出発した、無名の作者の作品集に対して、彼女は丁寧な感想文を書いて応えてくれた。その上、数ヶ月してからだったと思うが、短歌の総合誌上で、わたしの歌を好意的に取り扱ってくれた。そんなことからも、（もちろんそれがなくても、わたしは彼女の作品を評価していたのだが）わたしは、この年下の若い女流歌人に親しみを感じたのだ。彼女には、当時わたしがかかわっていた同人誌に原稿を依頼したこともあった。

『樟の木のうた』は奥書によれば、昭和五十八年（一九八三年）刊行となっていて、発行と同時にわたしは買い求めて、さっそく感想を送ったと思う。

永井陽子には二度会ったことがある。一度目は、名古屋で開かれた短歌のシンポジウムをひとに誘われて見物に行ったとき。彼女はパネラーの一人で、盛んに何か論じていた。しかし、他の高齢のパネラーとの議論はかみ合わず、見ていて気の毒だった。わたしは帰り際に控え室に立ち寄って、名乗り、挨拶をした。

二度目は、彼女が何かの賞を受賞した記念会だったと思う。東京の大きな会場だった。会が終わって、次の場所に移動する途中の彼女を捕まえて挨拶だけすると、彼女はつっと立ち止まり、「鳩サブレ」と甲高い声で呟くと、仲間の歌人を追って去っていった。「鳩サブレ」というのは、そのすこし前、同人誌への寄稿のお礼に送った鎌倉のお菓子のことで、「お菓子をありがとう」の意味で呟いたのだと思う。何しろ、その日は彼女は受賞者として、主役を演じており、その他大勢組みに配慮をする余裕はなかった。そしてなにより、脂の乗り切った女流歌人として、気分はとても高揚していたはずだ。

その後も、わたしは、彼女の歌集を出版されるたびに手に入れて読んだ。知的な処理がいよいよ進んでいるなという感想を抱いたが、本質的なところはまったく変化のないのが驚きでもあった。

今度調べてみて、永井陽子は二〇〇〇年一月に亡くなっている。享年四十九歳。彼女の死んだあとで、歌壇的なうわさで、その原因は病気ではなく、何か不吉なものだったと聞いた覚えがある。わたしは、言うまでもなく、彼女の作品に惹かれていただけなので、その人生には興味はなかったし、いまでもない。だが、何故あんなに積極的によい作品を発表していた歌人が、不意に自ら命を落としたのか、やはり腑に落ちないものがある。彼女は、図書館の司書を務めていたが、あるときから大学の講師のような職に就いたと記憶する。そのことからの想像だが、（そして、その想像を喚起する出来事が、あるとき、わたしの周囲で起こったのだが）大学講師の仕事が、彼女のような、天から詩人気質の人には向いていなかったのではと思うのだ。とくに、あまり出来のよくない、そして講師の話をまともに聞こうとも、理解しようともしない学生相手の仕事に、彼女はすっかり神経をすりへらしたのではないのか。芸術活動で、孤高を保っていたとしても、実生活では、濃密なコミュニケーションを求めていたはずの、若い女性が、心の交流を全くもてない人間との接触のなかで、人間性を喪失してゆく過程は、かなり悲劇的な光景ではなかったろうか。久しぶりに彼女の作品を覗いてみて、ふとそんな空想に囚われた。

永井陽子がなくなって十六年が過ぎたわけだ。生きていれば、どんな歌人になっていたろうか。成熟した姿が想像できない歌人ではあるが、とにかく惜しむに値する、素晴らしい歌人だったのは間違いない。

いまもなおあの街に住み『樟の木のうた』の歌人うた読みていむ

ある女流画家のこと

その画家の作品をはじめて見たのは、美術雑誌でだった。その雑誌を見せたのは、美術好きの友人Sだったと思う。Sの親しいYさんの義理の妹さんは、若いが有望な画家で、ちかじか、銀座のB画廊で個展を開く、ついてはこの雑誌を見て、一応の知識を得ておいてくれというようなことを、Sは言った。

作品は、日本の古代の風景を扱ったような、幻夢的なもので、濃い土色がかった森の中で、ウサギや狐のような動物が跳梁している図柄だった。わたしは、その幻想的な風景をとても魅力的だとは思ったが、一方でなにか心をかき乱すような、おどろおどろした夢のような気分を喚起されて、無条件でよしとする気にはなれなかった。

前に記した永井陽子の世界は「仮構の世界へ心を解き放ち、自らの夢を具現化したもの」だが、その「夢」はあくまで聡明な知性にもとづいて生み出された、明るい天国的な夢、（希望的な世界）であった。その女流画家の世界も、彼女の夢の具現化であるが、それはいわば潜在意識の生み出した、混沌とした、もっと言えば邪悪な世界に通じるものだと、いまになってわたしは思う。とにかく画家の世界は、永井陽子の描いた純粋、透明な世界ではなかったと思うのだ。

　結論が先になったが、B画廊での個展で、わたしは彼女の作品を実地に見ることが出来た。その時の印象を言えば、ああ、この人は本来はおとなしい作風なのだなというものだった。会場ですこし言葉を交わした限りでは、ごくごく常識的な女性だなという感じだった。もっとも、鎌倉と京都を行き来して作品を制作すると同時に、ふたつの都市で夜な夜な友人たちと飲み歩いているというような話を聞くと、けっしてただのウサギだとも思えなかったが。その個展で、わたしは、「月の光の下で目を見開いた少女の像」を一枚買い求めた。

　B画廊の個展は一回きりで、その後は、京橋のある画廊で、一年一回個展を開き、招待状を送ってもらったので、わたしはそのつど、作品を見ることが出来た。

そうして、判ってきたことは、彼女が、Ｂ画廊での個展に並べた作品は、彼女の本意ではなかったということだった。画廊の女主人は、彼女の作品を事前に見たとき、あなたの絵は暗すぎて売れない、もっと楽しい絵を並べてくれと言ったのだそうだ。Ｂ画廊で個展を開くきっかけは彼女の義理の兄がＢ画廊の上客だったからだろう。彼女もむげには断れなかったわけだ。京橋の画廊の個展は、何年続いただろうか。会場を訪問するたびに、少しずつ話をしたり、Ｓから噂話を聞かされて、わたしはこの画家の、いまどきまれな無頼ぶりを知ることとなった。

若い頃から、鎌倉で田村隆一にかわいがられたというだけあって、彼女の武勇伝は、（みずからもすこし語ってくれた）なかなかのものだったらしい。といって、わたしは彼女と酒の席を共にしたりなどという付き合いはいっさいなかった。彼女にとっては、わたしは義理の兄の職場の先輩であるお客さんに過ぎなかった。

その年も、彼女の個展の通知が来た。しかし、会場は鎌倉の小さな画廊となっていた。秋の一日、またあの小柄な、いつも抜け目なく周囲を見回している、リスのような画家に会えるのを楽しみに、鎌倉の駅裏の小さな民家の一郭にある画廊を訪ねた。作品数は少なく、すでに一度見たと思われるものも混じっていた。受付の女性に尋ねると、画家本人は体調不良で顔を出せない由だった。

その画家が亡くなったという知らせは、個展から一ヶ月ほど経ってから、Ｓから聞いた。大腸だか、すい臓だかの癌だったとＳは言った。鎌倉の個展がすんだ直後だったという。

知らせをきいてわたしは、愕然とした。まだ、五十歳にすこし間のある年齢ではなかったろうか。近年では少しずつ世間に名も知られるようになり、ある雑誌の表紙を飾るようになっていたのに、とわたしはひどく悲しんだ。

彼女の死については、詳しいことはわからないが、Ｓの話からすると、画家としての自立に執念を抱いていて、ピアニストである姉の援助を一切拒否して暮らしていたが、内実はかなり困窮していて、治療費など一切なかったため、死ぬまで病院には行かなかったということだ。ピアニストの実のお姉さん（わたしは彼女の死後一度お会いした）は優しい、妹思いの方で、おそらく何かにつけて面倒を見ようとしたはずだ。しかし、彼女はそのたびに姉の心配を振り切って、あるときは鎌倉で、あるときは京都で、作品と格闘し、画家仲間などと飲み歩いていたのだと推測される。

人の生き方、特に芸術家の生き方をわたしごときが論じるべきものではない。それにしても……もうすこし命を、ということは自分の芸術を大事にしてもよかったのではないか、とＳの話を聞きながらわたしは思った。

初めてその作品を見せられた時、わたしの感じた違和感、いわばいやな感じ、は彼女の作品に内在する、邪悪な夢のせいだったのだろうか。

ともあれ、芸術家は、作品を生み出すために生きるのであって、自分の人生を作品化してはいけない、と常識的なことを彼女に言っても、詮ないことだったろう。しかし、まだまだこれから、深く広い世界を描けるはずだった画家のことを考えると、いかにも惜しい気がしてならないのだ。

（二〇一六年）

父の思い出

下井草の家

庭の芝生に囲まれて池があった。家の縁側から数メートル離れたところに、菱形の大きな池がひろがり、その左右に長方形の小さな池が翼のように添えられていた。季節になれば睡蓮が水の面に咲き、鯉が睡蓮の葉陰でゆっくり泳いでいた。

わたしは、そのとき四歳だった。季節は冬で、ひょっとするとお正月だったかもしれない。わたしは、菱形の池のほとりに立って、竹の棒で、池の表面をしきりに叩いていた。水に映る雲の影か、それとも、末枯れた睡蓮の葉でも叩いていたのだろうか。そのうちに、バランスを失して、池の中にもんどりうって落下した。池の深さはさほどのものではなかったろうが、わたしはすっかり狼狽して、水の中で必死にもがいていた。そのとき、廊下から、父が飛び出してきて、わたしを水から引っ張り上げてくれたのだと思うが、詳しいことは忘れてしまった。覚えているのは、顔を高潮させて、池のほうに突進してくる大きな父の顔だけだ。その出来事の記憶が、おそらく最も旧いわたしの記憶だ。

芝生の庭に池のあった家は、東京の西郊の下井草というところにあった。父の生家は下井草からさらに西北に下った北多摩地方にあったが、父は、子供たちの教育を配慮して、生家に年老いた母を残し、東京近郊に居を構えていたのだ。しかし、戦争末期になると、空襲その他の不安を配慮すれば、老母を生家にひとりきりで住まわせるわけにはゆかない。昭和十九年末に、父は下井草の家をたたんで、北多摩の田舎に引っ越すことにした。わたしは五歳の後半だった。そういうわけで、下井草の家については、ごくごく断片的な記憶しかないが、庭の隅に築山があり、幼いわたしは学校へ通う兄や姉にならって、お弁当を作ってもらい一人でその築山に上り、灌木の陰でお弁当を食べたりしたのを覚えている。

　家屋のことで一番印象に残っているのは、二階の部屋のことだ。二階には小部屋が二つあって、そのひとつには兄や姉の遊び道具や、絵本などが置いてあった。子供向けの雑誌、キンダー・ブックのことはいまでも忘れていない。キンダー・ブックにはいろいろなお話が挿絵つきでのっていたが、なかでも気に入っていたのは、「不思議な鉛筆」の話だった。その鉛筆で画用紙に動物の形を描くと、その動物に命が与えられて、すっくと立ちあがり走り出すのだ。なかでもキリンの姿がなんとも颯爽としていて、こころが躍るのだった。「空飛ぶ木馬」というお話も気に入っていた。とはいえわたしが魅かれたのは、その話の内容ではなくて、薪を組み合わせて描かれた、「空飛ぶ木馬」という物語の表題のイラストレーションそのものだった。こんなふうに、薪の形をくみあわせれば。難しい漢字も、ごくごく簡単に書けるのだと思うと、とても嬉しくなるのだった。

戦争が進むにつれて、下井草の家の周囲も何かと騒がしくなっていった。あるとき、父と二人で二階の廊下から窓越しに外を見ていると、周囲の家の一軒が、なんだかひどく傾いていた。幼いわたしはその姿がひどく可笑しくて声をたてて笑ってしまった。すると父は「そんな風に笑うものじゃない」とたしなめた。今思えば、おそらく、その傾いだ家は、焼夷弾に直撃されたものだったろう。このように戦火の不安が一家を襲い始め、父は田舎の家に引っ越すことをきめたのだ。

海

小学校の低学年の頃、両親がわたしを含めて七人いる子供たちのうち、下の四人を、日帰りで江の島に連れて行ってくれたことがある。夏休みが始まってまもなくだった。戦後の、まだ食糧事情もままならぬ頃のことだが、それでも、江の島の旅館、「岩本楼」で食べた昼飯は豪華だったような気がする。父は麦酒を飲み機嫌がよかった。わたしは食後の白桃の味に魅せられてしまった。
昼食後、昼寝する父を部屋に残して、母は「岩本楼」から海岸に出る階段を下りてわたしたちを海水浴場に連れて行った。年長の姉は十二〜三歳くらいだったから、かろうじて泳ぐことが出来た。しかし、あとの子供たちは海を見るのもほとんど初めてで、泳ぎなどはまったくだめだった。それでもわたしと妹は、波打ち際で波に戯れて遊んだ。年少の弟は、波うち際にも行かせてもらえなかった。海をひどく警戒する母に監視されながら、浜に出来た小さな水溜りで遊ぶだけだった。

母は、茅ヶ崎に近い寒川町というところで育った人だったが、泳ぎはできなかった。小さい頃、近所の子供が海に出かけて溺れたことを覚えていて、海は怖いものと信じて疑わなかった。「その子は、海水が膝までしかないところで遊んでいたのに、大きな波にさらわれてしまったのよ。だからみんな膝より上に水が来るところに行ってはいけない」と繰り返した。とはいえ「岩本楼」の言わばプライベート・ビーチは、小さな湾で、波などほとんどなかったのだが。

そうやってわれわれが時間を過ごしているうちに、いつの間にか父が、海岸に姿をあらわした。そしておもむろに海水のなかに身を沈めると、平泳ぎで泳ぎだした。子供たちは、感心して父の泳ぐ姿に見入っていたが、姉が不意に大きな声を上げた。「まあ、お父さんたら、片足を底につけたままじゃないの」。よく見ると、父は両手を蛙のように動かしてはいたが、足のほうは左足しか水の中で動かしていない、右足はゆっくりと海底を歩いてゆく。結局両親とも泳ぐことが出来ないのがわかってしまった。

海から引き上げると、そろそろ「岩本楼」を後にする時間になっていた。「今晩ここに宿泊したらどうでしょう」と母が父に甘えるように言ったが、もちろん父が承諾することはなかった。母が父に甘えるように言葉をかけることなぞ、ついぞ聞いたことはなかったから、わたしは、ひどく不思議な気持ちだったのを覚えている。子供を七人も育てていたとはいえ、母はそのころまだ、三十代の後半だったわけで、今思えば何の不思議もない。姑に仕えて暮らす日常から、ほんのひと時解放されて、夫に甘えたくなったのを不思議がるほうが、可笑しいと今では納得する。

潮干狩りに連れて行ってもらったのは、わたしが十歳前後のころだった。その時は、妹とわたしが父と同行した。父の親友の楠さんとその子供二人も一緒だった。わたしたちはまず、東京湾に流れこむ川のほとりの小さな桟橋で漁船に乗り込んだ。船はしばらく川を下ると、川口付近に停泊して、漁師が投網を打って漁を始めた。しばらくして引き上げた網には小魚が少量入っていた。今日はあまり期待出来ないなというようなことを父が言った。とはいえ、とれた小魚は、漁師の弟子の若者が天ぷらにして船の上ですぐに食べさせてくれて、わたしたち子供は大喜びだった。漁は一時間ぐらい続いたのだろう。一度、大きな魚が網にかかって漁師が満足そうにしていた。「すずき」という魚だそうで、子供たちはそれが人間の名前のようだと言って面白がった。「鱸」という漢字に接したのは、ずっと後のことだ。

漁が終わると船は川を下って、潮干狩りのできる海岸に停泊した、子供たちは湿った砂を掘り起こし、貝拾いに熱中した。空はどんよりと曇り、今にも雨が降りそうだったが、そんなことはたいして気にならず、初めての経験にすっかり満足した。

楠さんは父の早稲田実業の同級生で、無二の親友だった。長年「貯蓄銀行」に勤めていて、そのころは、東京近郊の店の支店長をしていたのだと思う。そういうわけで、あんな風流な舟遊びを実行できたのだろう。万事貧しい生活の記憶の中で、あの舟遊びは断然愉快な記憶として今でも残っている。

上井草球場

田舎の旧家の当主としての生活に終始した父の趣味は、謡曲と野球だったと思う。謡曲はどの程度の実力だったかわからないが、一度だけ彼が謡をうなるのを聞いたことがあって、その朗々とした声に吃驚したことがある。書斎には観世流の謡曲の本が沢山積まれていた。

野球は早稲田実業の頃、仲間とクラブチームを作って盛んにやっていたらしい。その頃のユニホーム姿を写した写真を見た覚えがあるが、ユニホームもしゃれていて、遊撃手の姿も堂に入っていた。しかし、わたしが物心付いたころは、専ら観戦とラジオや新聞の報道を楽しんでいた。戦後の野球界は、東京六大学野球が花形で、父の手元にある野球専門誌「野球界」や「ベースボール・マガジン」の記事も東京六大学に関するものが多かった。父の贔屓はもちろん早稲田大学で二人の兄もわたしも、無条件で早稲田を応援していた。

　北多摩郡久留米村字柳窪、が父の生家の所在地で、わたしも下井草の家から引っ越すとその集落の茅葺屋根の家で、二十歳すぎるまで暮らした。その集落は、行政地区としては東京都に属していたが、いまでは考えられないくらいの辺鄙な場所で、集落には商店は皆無。最寄の駅、西武線の小平というところまで、徒歩で二十分くらいかかったが、その駅の周辺に行かねば、肉も魚も乾物も、豆腐も手に入らなかった。ということはほとんど食事は三食自給自足だったというわけだ。

　西武線（後に西武新宿線という名前に変わった。今の西武池袋線は、武蔵野線と言っていた）の小平から高田の馬場方面に二〜三十分電車に揺られると、上井草駅があった。（そこからさらに二駅先が例の下井草だった）上井草駅のすぐ南に上井草球場という野球場があったが、その球場が、戦後数年東京六大学のリーグ戦に使用されていた。神宮球場は進駐軍に接収されていた。ただ、早慶戦だけは例外的に神宮の使用が許されていた。東京六大学のほかにも、東都大学リーグ戦や、中等野球、都市対抗野球の予選などもそこで行われていた。

初めて父に上井草球場に連れて行ってもらったのは、小学校に入学する前年の秋だったと思われる。その頃、柳窪の家に寄宿していた斉藤先生も一緒だった。斉藤先生は、長兄がかよった杉並区の啓明小学校の教員で、戦時中、家族を茨城県に疎開させて、戦後もひとりで小学校づとめをされていた。秋の日の午後三人は畑や雑木林の道を歩いて小平の駅に向かった。

柳窪の集落を出ると人家はほとんどなくて、なんともひなびた風景だった。小平駅のプラットホームには草が茂っていて、ホームには誰もいなかった。父と斉藤先生は駅の表示板の下の石に腰かけて話し込んでいた。下りの電車は時折やってきたが、上井草方面に向かう電車は一向にやってこなかった。終戦直後の私鉄の運行は、電力事情によるのかどうかわからないが、全く不規則だった。しかし、どうやらわたしたちは上井草球場の三塁側の観客席に座ることが出来た。

座席に腰を下ろして、一塁側のほうを見ると、学生服を着て、破れた帽子を被り、腰に手ぬぐいをぶらさげた屈強な男たちが、一斉に声を上げて騒いでいた。斉藤先生によると、彼らが京都の、第三高校の応援団だということだった。試合は第一高校と第三高校の定期戦だったわけだ。その後まもなく教育制度の変更で、旧制高校はなくなったから、恐らく最後の一高、三高の野球対抗戦だったのではなかろうか。わたしは、まだ野球のルールは知らなかったから、それから始まった試合のことは、全くわからず覚えてもいない。ただ、一塁側の観客席の応援団の、応援振りだけは極めて印象深く記憶に残っている。というのも、彼らの応援振りがとても鮮やかだったからで、少人数をカバーするために、彼らは大きな旗をそれぞれ掲げて、観客席の中を見事に離合集散して、あたかも大応援団であるかのごとく、演出して見せたからだった。斉藤先生は、その応援振りにいたくこころを打たれ感嘆仕切りだった。帰宅すると、翌年は旧制高校を受験する予定の長兄に向かって斉藤先生はしきりに「啓一郎君、君はかならず三校に進むべきですよ」と語ったらしい。「応援団のよしあしで、高校を選ぶなんてナンセンス」と言って兄は旧制静岡高校にさっさと行ってしまったと、後に母がわたしに教えてくれた。

洗面所にて

二十歳早々に男親を亡くしたわたしの父は、旧家の当主として、周囲に守り立てられながら成長したためもあって、その挙措はいたって鷹揚で、子供の目にはやや時代がかって見えるときがあった。父があわてたり、早口で喋ったことなぞついぞお目にかからなかった。起き抜けには、前の晩母の用意した枕もとの水をゆっくり飲み、家屋の北側の廊下に設えた洗面所にむかい、おもむろに洗面にとりかかる。そのために、陶器の洗面台に、たっぷりと水を張りその水にしばらく顔を沈め、それから顔を上げると、かたわらに立つ母から手ぬぐいを受け取り、丁寧に顔をぬぐうのだ。髭剃り歯磨きがすむまで、母は父の世話をしていた。

その朝も廊下の突き当たりの厠に行くために、少年のわたしは、水に顔をつけたままの父の背中の後ろを通り過ぎたが、そのとき、不意にあわただしい足音がして、長兄が父の後ろに立つと、中腰の父の首筋をかなりの力で叩く光景に遭遇し、吃驚して振り向いた。すると母が兄の行動を阻止して、低い声でたしなめたあと、わたしのほうを向いて、「今のことは誰にも言うんじゃない。お前は門外漢なんだ」と言った。門外漢という初めて耳にした言葉の意味に戸惑ったが、とにかく、その異常事態は、決して口外してはいけないということだけは胸に収めた。

その後、家庭内で何が起こったか、起こらなかったか、わたしには判らず、時は過ぎてしまった。多少その事件の背景めいたものを知ったのは、平成のはじめ、母が九十三歳で他界した通夜のときだった。母の思い出話を二人の姉としていたとき、上の姉が死化粧した母の顔を見て、突然思い出したことがあると語りだした。

「お母さんは普段は、化粧なんかろくに気にしていなかったが、わたしが高校の三年生だった時だと思うけど、ある晩お母さんが鏡台の前に座って、半ばやけっぱちになって、口紅やおしろいを塗りたくっていたことがあった。不審に思って母に確かめると、母は、こう見えたってわたしがちゃんとお化粧すれば、そこらの田舎芸者になんか負けることなんかないんだ、と口走ったのよ」

詳細は姉も知るところではなかったが、母がやけくそになって化粧に没頭した前夜、何かのかげんで、仲間内の旅行で、温泉に行った父が、一人の芸者と浮気をしたらしいことが母の知るところとなったというのだという。

その姉の話と、わたしが目撃した長兄の父親殴打事件？　を結び付けて考えるとうっすらとあの騒動の筋が見えてくるような気がしてきた。といって、今となっては、関係者は誰も生きておらず、真相は全く闇の中だ。その騒動と、村会議員をしていた父が、衆議院選挙で地元のある保守系候補の選挙応援中に、選挙違反の容疑で、警察に数日拘留された事があったが、その二つがわたしが知る父の失態だ。それをのぞけば、万事余裕たっぷりに暮らしていた大旦那然とした姿が、記憶の中の我が父の肖像である。

父の晩年

父は戦後、東京都北多摩郡久留米村という寒村の村会議員を務めていた。財産税や農地解放など、思いもよらぬ重圧に耐えながらも、父は積極的に公的な仕事に取り組み。新しい村の議会の開設の初期から村議会議長に選ばれて、戦後の農地改革の推進には特に力を注いだという。その職は父には適していたらしく、周囲の支持もあって、村議会議長の職を八年間務めた。その後どういう勝算があったのかわからないが、父は東京都の議会選挙に打って出た。しかし、小さな村の選挙とは事情が全く異なり、父はあえなく落選した。

もともと、都議会議員選挙に立候補することについては、母や大学生になっていた二人の兄、また親しい人の多くが反対だった。その頃、よく我が家に訪れていた人の中に、福田正夫という老詩人がいた。その人は、大正時代の民衆詩派詩人として有力な人であったそうだが、戦時中「愛国の花」という歌を作詩するなど、時流に乗った文学活動をしたために、戦後は逼塞していたようだ。

その人は、神奈川県寒川町の町長を務める傍ら、象徴主義的な詩を書いていた母の実兄の年長の友人だった。その福田さんが、ある日我が家で一晩過ごして、帰路に着くとき二番目の兄とわたしが、小平の駅まで送って行くことになった。その折福田さんは松林の中の道を歩きながら、次兄にむかってしきりに「お父さんの選挙の出馬は、断然止めさせなければなりませんよ」と力説していたのを覚えている。とはいえ、まだ大学生になるかならないかの年齢の次兄は、父の決意を翻させることは到底無理と感じていただろうから「母とよく話し合ってもらいます」程度の返事しか出来なかったことと思う。

父が発病したのは、昭和三十一年の一月のことだった。ある晩外出先から帰ってきた父が、胸を抱えて苦痛を訴え、母に付き添われて、我が家の主治医である立川医師のもとに車で運ばれていったのを覚えている。寒い夜で、雪がちらついている中で車に乗り込んだ父の姿をうっすら覚えている。その後、立川先生の紹介で、築地の癌研究所の付属病院に入院した。長兄の書き残した記録によれば、父はその年の三月二十三日に胃癌のために亡くなったとある。

　ちょうどそのころわたしは都立高校の受験中で、三月の二十日前後に受験に合格したことを、入院中の父に報告に行った。父は薄暗い病室の寝台で臥せっていたが、合格の知らせを聞くと、上半身を起こして、わたしの手を握ってくれた。しかしその手には力は感じられず、妙にやわらかく温かいのに、わたしははっとしたのを覚えている。

　兄の記録には、こう記されている。「そのころは、癌研の病院と云っても普通の病院で別に癌患者に限るわけでもなく、担当医もそんな扱いではなく、本人はもとより、わたしたち家族もまさか癌とは思いもよらなかった。今考えると迂闊なような気がするが、癌はそのころ有力な死因とは考えられておらず、何より父は五十歳を越えたばかりで、癌年齢とは思えなかった」

入院十日後に、母には正式に胃癌が告知されたということだが、二人の兄以外には、母は父の病名を明かすことはなく、「お父さんは単なる胃潰瘍で、おっつけ手術を受けて退院する」と子供たちは聞かされていて、半ば信じていた。確たる自信はないが、病室で父の手を握ったとき、わたしは父はもう死ぬなと直感したような気がする。しかしそのときわたしは、父の脳裏をいかなる思いがよぎっていたか、そしてどんなに肉体的苦痛にさいなまれていたかを、思い浮かべもしなかった。

父の通夜と葬儀のことはよく覚えている。棺に眠る父の顔を、棺に設えられた小さな窓から覗き見ていると、父の口元にしずくが光っているのがみえて思わず涙がこみ上げてきた。父は家の近くの先祖代々の墓地の一郭に埋葬された。三人の僧侶が墓の前でお経を上げていた。雪交りの横殴りの雨が降り、墓地はひどく寒かった。若い僧侶の一人の衣の襟から白い徳利のセーターが覗いているのに気が付いて、なんだか腹が立った。そのころはまだ土葬が許可されていて、上の姉の友人が「春の雪土葬と聞きて息をのむ」という弔意の句を姉に寄せてくれたと葬儀の後しばらくして姉から聞いた。

父が亡くなってから六十年強が過ぎた。父が亡くなったときわたしは十五歳であった。その年齢まで一緒に暮らせば、人によっては、父親の人物像を十分心得ているという人もあるだろうが、わたしの場合は元来魯鈍な性格のためだろう、自分の父親の確たる肖像を描くことは出来ないでいる。七人兄弟の上から五番めの子供として生まれ育ち、父とは人生上の重要事について話し合うような機会があまり必要でなかったことも、父のことがよくわからない原因のひとつであることは確かだ。

思春期以降の人格形成においては、母親と、兄ふたり姉ふたり、なかんずく長兄の影響が大きく、父親の存在はほとんど意識しないで、少年時代を送ったといってよい。そんなわけで、母や、長兄については、いくつかエッセイや短歌を書いているが、父についてはほとんど書いたことはなかった。また母は短歌をかなりの数残していたし、長兄は、わが一族の歴史についてすこしく文章を残しているので、その人物像を思い描く手立てがないわけではない。だが、父は日記も、メモ書きも何も残してくれなかったから、いよいよその精神世界に触れるよすががないということも、父の姿を漠としたものとしか描けない原因でもある。

　わたしは、極めて情緒的な性向で、細かいことを気に病む。そして他人に対してはひどく狭量だ。なにごともせっかちに片付けようとし、物事をじっくり味わうというような余裕がない。そういう気質は、母と兄にかなり似ている。生まれつきの資質が母親の系統に属し、またその母譲りの性格の兄の影響を強く受けて成長したためであろうか、父の鷹揚で、楽天的な気質は自分の内部に見出しがたい。文芸趣味もあきらかに母方の家系の性向を受け継いでいる。他の兄弟を見ると、次兄と弟は、どちらかと言えば容貌も、気質も、趣味も父親に近いような気がする。と言って、それは敢えて比較すればの話で、他人の判断はまた別のものになるだろうが。

では、なぜ敢えて父の思い出を記したかといえば、自分の年齢が七十代の後半に立ち至り、昔のことを思い出すことも多くなってきて、とにかく父親との思い出をいちどは整理しておきたくなったからという以外に理由はない。そして一人の人間として父親がどのように生きて何を残したかを考えてみようとしたのだ。だが見られるように、わたしの文章は、父の影をあやふやになぞっただけのもので、父親の存在を内部にまで及んで描き出すようなものにはならなかった。だがそのことを、残念に思う必要もないだろう。とにかく百年以上続いた田舎の家とその一族を守ることを最重要と考えて、人並みの努力をして、次の世代につなげた人の人生は、際立ったものではなかったろうが、さりとて挫折に満ちたものでもなく、人としての務めを全うしたものと言えないこともないだろう。そういう意味では、自分も父の生き方を、一部とはいえ、曲がりなりにも踏襲すべきだろうといまさらながら思う。わたしの後進のものが、この文章に触れることがあれば、先行する人々にも、ささやかながら、喜怒哀楽に満ちたそれなりの人生があったことを、しばし思い描いてくれればそれでよいと思うのだ。

（二〇一九年五月）

ふる里の庭

ふるさとの花

這いくちなし

今朝、近くの公園に行って見たら、くちなしの花が数輪咲いていた。くちなしは瞬く間にしおれてしまうものだが、今朝見た花はどれも咲いたばかりなので、まったく傷んでおらず、なんだかほっとした。ひとつの花びらに顔を寄せてみたら、品のよい香りが鼻をつき、ふと眩暈のようなものを感じた。

わたしが育った田舎の家には、庭が四区画ばかりあったが、そのうちのひとつ、家族が「奥の庭」と呼ぶ庭の隅に、くちなしがひっそり植えられていた。「奥の庭」に建つ「離れの座敷」と母屋をつなぐ渡り廊下の母屋側のすぐ前にうずくまるように生えたその木は、とても背丈が低かった。誰かに、「這いくちなし」というのが本当の名前だと教えてもらった。

「這いくちなし」は、梅雨のころ、硬い小さいつぼみが開いて、そこだけが、華やいだ雰囲気をかもし出していた。その清楚で侵しがたい姿を、幼いわたしはことのほか好ましく思っていた。

草木瓜

背の低い小さな木の花といえば、春先まだあたりが寂寥としているころ、家の近所の雑木林を歩いてゆくと、あしもとに突然姿をあらわして、まるで落ち葉に火をつけるように咲き出す、草木瓜のことも忘れがたい。草木瓜を見ていた目をあげると、裸木ばかりの雑木林の上空に広がる空には、早春の雲がすこし早足で渡って行くのがみえた。午後になれば、空は曇ってしまうから、花と青空が一度に見られる時間は極めて短い。その極めて短い時間を、大切にする必要があった。というのも、午後になると空は暗くなり、やがて激しい風が吹き荒れて、空一面が周囲の畑地から吹き上げる赤土の砂塵で、真っ赤に染まってしまうからであった。

辛夷の花

ふるさとの家の裏手には、天神社があった。その社から東へ向かって、参道を歩いてゆくと、左手には小川が流れていた。右手の上り斜面には、わが家の敷地内の藪がずっと続いていた。ある春の日の午後、参道を歩いていると、右手の斜面の藪の空のなぎさに、白いものがひらひらとゆれるのが見えた。立ち止って凝視すると、辛夷の花が大木の枝さきに咲いているのだとわかった。わたしは一瞬、自分がどこか遠い国を旅しているような幻想に囚われた。その幻想はほんの一瞬のことだったが、ときめきは、何時までも胸の中に留まっていた。

後年、三好達治の詩集を読んだ時、「山なみ遠に春は来て　辛夷の花は天上に」という詩句に出会った。天神社の参道から仰ぎ見た花はこの詩句と自然に結びつくことになった。

山吹

父方の屋敷は今、「顧想園」という名称のもとに維持管理されている。亡くなった長兄が、五代約百八十年続いた旧家をどのような形で残すか熟慮した結果、私的財産ではあるが、公共性をも持たせる方法として、茅葺屋根の古民家を中心とした歴史的文化財の指定をうけることにしたのだ。その「顧想園」には四つの庭園が付属している。母屋の前に広がる砂利石を敷き詰めた「前庭」。離れ座敷に面した「奥の庭」。そこには枯山水を模した石の庭がある。離れ座敷とは板塀で分離された「向こうの庭」。

　昔、母が生きていた頃は、そこは彼女が敷設したテニスコートであったが、今は茶畑になっている。そして前庭の南に、あまり手を加えてない、自然のままの空間があり、屋敷の前をよぎる村道に沿った欅並木のもとに、兄が「四君子亭」と名づけた小屋がひっそりとたたずんでいる。その建物は、昔は木小屋と呼ばれて、農具や雑物を収納する納屋だったが、今は改造されて「顧想園」を訪れる訪問者の休憩所に使用されている。

　さて、その「四君子亭」に隣接した庭は、わたしの幼い頃は、欅や樫が亭々とそびえていて、昼も薄暗い場所だったが、その一郭は竹の柵で囲まれ、あまり目立たないが、四季折々に花や実をつける草木が植えられていた。雪柳、山吹、龍の髭、雪ノ下、などが植えてあった。

　あるとき、小学校低学年のわたしは、祖母の後について、その小苑の周りを歩いていたが、祖母が不意に立ち止まり、「この庭は、お前にやることにする」と言った。突然のことで、わたしには事態が飲み込めなかったが、たしかに祖母がそうはっきり言ったのは間違いなかった。もちろんその後その小苑がわたしの所有になるなどということはなかったのだが。その時の祖母は、六十歳代の後半で、七十二歳で亡くなる彼女はまだ壮健だった。今想像をめぐらしてみても、彼女のその思いつきのよって来る所以はわかるはずもない。単なる気まぐれではあったのだろうが、それにしても、ひどくまじめな、厳粛といっても過言でないその断言は、自分が大人になってからも、時に脳裏に浮かんで不思議な気分になる。

　たとえば、こんなことが考えられるのではないか。死がそう遠くないことを考えるようになった祖母は、自分の守ってきた旧家の相続について思い巡らすこともあった。当然のことながら、大方の資産は、長男であるわたしの父親に譲ることは決まっている。しかし、何人かいる孫たちにも、その一部を譲ってやりたい、というような気持ちがあって、四つほどある蔵は、年かさの孫にそれぞれひとつずつ、庭の一部は、若年の孫に譲ってやろう……などと夢想のように思念をめぐらしたのではないか。

あるいは、その前の晩、相続の件を巡って、長男夫婦と口論となり、（祖母には、わたしの父を含めて、五人の男女がいた）父以外の子供に何がしかを譲ろうとする祖母の言い分が通らなかった、というようなことでもあったのかもしれない。そんなわけで、母親の意見をないがしろにする長男に、あてつけるつもりで、孫に向かって、らちもない気まぐれを口走ってみた……。

初夏のその日、小苑には山吹が、あでやかな色を誇って咲き乱れていた。今ではそこには小苑もなく、初夏に山吹が咲きでることもないが、時にふるさとを訪れてそのあたりを散歩すると、決まって祖母のあの言葉と山吹の黄色いあでやかな花の色が蘇ってくる。

朴の花、海棠の花

久しぶりで、母の残した歌集を開いてみた。母は生前歌集を二冊残した。第二歌集『海棠微風』にはこんな歌がある。

くちなしの香のただよえる宵の庭櫛形の月うすく出てゐる

ここで歌われているくちなしは、すでに記した「奥の庭」のくちなしだろう。母はそのころ七十代のはじめであったろうか。母の詠風は、よく言えば自然体、悪く言えば嘱目だけの記述、この一首を読んだだけでは、彼女のその時の思いは漠然として測りがたい。とはいえ、仕事の合間にふと庭に降り立って、くちなしの非日常的な香にこころ引かれ、そのまま上空を見上げた初老の母の姿は髣髴としてくる。今のわたしにはそれで十分だ。

母は、詩人だったその長兄の影響を受けて、少女時代から文学には惹かれていたらしい。しかし二十歳で嫁入り、旧家の家政に専念している時代、そして四十代に夫に先立たれたあともかなりの間、悠長な趣味に浸る時間などなかった。六十歳にいたるころ、子供たちも成人し、ようやく自分の時間がみつけられるようになると、まずは習字を、やがて短歌を習うようになった。

短歌は、女学校の頃の同級生の勧めもあって、岡部桂一郎氏の指導を、月に一度、平塚まで出かけて受け、歌作りに励んだ。最初のうちは、こころ余って、言葉足らず、先生にずいぶん添削を施されていた。「わたしは、こんな気持ちを歌おうとしたのじゃないのにね」と添削後の作品を眺めながら、不満を漏らしていたこともあった。しかし、年月を経るにしたがって、短歌という詩形のもつ本質をいくばくか捉えられるようになり、淡彩だがそれなりに雰囲気のある作品を、たまには物にすることも出来るようになったのではなかろうか。

もとより、歌作りは余暇を楽しむための作業であって、他人に見せる気持ちなど毛頭なかった。それでも作品がずいぶん溜まってきたので、子や孫の中で、ひょっとすると自分亡き後読んでくれるものもいるかもしれないというような気持ちで、結局二冊の歌集を残していった。最初の歌集の表題は『朴の影』とした。先に記した、「四君子亭」の庭の梅林のすぐ傍に、実生で育った朴の木が、いつの間にかずいぶん大きくなって、初夏に数輪花をつけた。わたしは大学に入学した頃、その存在にはじめて気がついた記憶がある。母はその朴の木が、ひっそりと花をつける姿に惹かれ、そこに自分の人生や、日々の生活の思いを重ねて、歌作したのかもしれない。

口うるさい人が、「朴の影」とはその木の陰のことなのか、それとも、花の影のことか不分明だと難じたそうだが、母は、そのどちらも含めていたから、そんな意地悪には無言で応じたはずだった。

「花のごとふくらみ持てる朴の芽に当たる風音今日もするどし」と、歌われているは朴の芽である。

第二歌集は昭和六十三年、母が七十八歳のときに上梓したものだが、これは兄やわたしが、やや無理やりまとめさせたものだった。七十八歳といえば、もう老年で機会を逸すれば歌集をまとめることもできなくなるのではと、子どもたちが、ひそかに危惧した結果だった。集中に、

風光るさ庭に立てば亡き人の在りし日のままに海棠の咲く

けぶり降る雨にひとひをぬれて咲く海棠の花くれてゆきたり

と、海棠を歌った歌が二首ある。母家の通用玄関のまん前に立っている古びた海棠が、初夏華やかに花開いたさまを歌ったものだ。母は最初、歌集の題を二首目の歌にちなんで「海棠微雨」としたいと言った。わたしはそれでは、寂しすぎるから、「海棠微風」としたらと言った。兄も賛成してくれた。兄嫁が花盛りのその木を撮影した写真があったのでそれを歌集に挿入すればいっそう引き立つだろう、などと言って彼女を説得した。「なんだが派手な題名でいやだね」と母が不満そうにしていたのを覚えている。

振り返ってみると、あのころが、母が人生的にも、歌作りの上でも、最も充実していた時代のように思われる。だから、母には気に入らなかったかもしれないが、「海棠微風」としてよかったのではないかと、今は勝手に思っている。

稲村ガ崎の家の花

ホタルブクロ

昭和の終わり約十年間、わたしは、鎌倉の稲村ガ崎に住んだ。その土地は、母が昭和三十七年に、ごく安い値段で買い求めたものだった。母は寒川神社の近くの村で生まれ育ったために、湘南地方には思い入れがあり、父が亡くなったあと、家政をもっぱら自らの手にすると、時に思い切った行動にでた。

父の生家の庭の一部にテニスコートを敷設したのもその一環だった。そして、ある日彼女は、まるで茶碗を買うような気楽な気分で、稲村ガ崎一の谷の旧海軍の将官の未亡人が住んでいた百坪ほどの土地と、二十坪ほどの小さい家屋を手に入れた。少女時代、母は鎌倉の町の中に、療養のために寄寓した経験があったそうで、その思い出をよみがえらせるためにも、激務の骨休めのためにも、小さな別荘が欲しかったのだろうと思う。その家をわたしが母から譲ってもらったのは、結婚して長女が生まれたころだった。

母は月に一度、平塚に短歌を習いに行くとき、稲村の家に一泊して、歌会に出かけるのを常とした。土曜日の午後、母は家の手伝いを長年続けてくれていた、初老のTさんの運転する車でやってきた。晩飯の時間まで、鎌倉の街に出かけたり、稲村ガ崎の海岸まで散歩したりして英気を養っていた。あるとき、梅雨入りまじかのすこし暑い日の夕方、谷あいの細いのぼり道を、家に向かって歩いてくる母の姿が目に入った。すこし前かがみにゆっくり歩いてくる母の左手には、なにか草のようなものが握られていた。よくみると、散歩の途中で、叢で摘み取ったのだろう、ホタルブクロの花束がゆれていた。俯いた母の顔の表情は窺えなかったが、恐らく、満足げな様子だったと思う。

かわたれの花盗人はたらちねの母なり螢袋を提げて

のちにわたしは、そんな歌をノートに書きとめた。四十年近くたった今、その歌は拙いが、貴重な母の肖像画の一枚となってくれている。

合歓の花

稲村ガ崎の家の、庭の左隅には、前の住人が残したと思われる合歓の木があった。前の住人が残したのではなく、人が住む前から自生していたのかもしれない。梅雨の晴れ間の日の夕方、咲き出して人を夢幻の世界に誘い込むようだった。

谷戸はいま盛りの合歓に夕風の再びみたび吹きすぎるころ

合歓は咲き終わると、さや実となり、散文的な姿に変身する。その頃になると海辺の街は夏の暑さに包まれるのが常だった。

欅並木

　幼いころから社会にでるまで暮らした父方の家は、百八十年ほど前に建てられたもので、いまだに茅葺の屋根を戴いている。屋敷は、庭にも周囲にも丈の高い樹木が立ち並んでいて屋敷全体がやや陰鬱な雰囲気に包まれている。屋敷林は表側が欅並木、裏は聳え立つ杉の林だ。杉の木については説明は不要だろう。だが欅については、すこし触れておきたい。

　欅。古名は槻の木。室町時代まではそう呼ばれていたという。古来神聖な樹木とされていて、古代には、その木の下に豪族たちが集まって重要な話し合いをし、会議の結論を守るべく誓約を交わした、と言うような記事を読んだ記憶がある。

　欅はニレ科のケヤキ属の落葉高木と書物にはある。ちなみにイタリア語では、オルモ・デル・カウカーゾ（コーカサスの楡）と言うのだとある人から教えられたことがある。本邦では本州、四国、九州に広く分布し、寺院や邸宅の庭木としても用いられる。そして並木としても多く用いられ、東京近郊でも、甲州街道や青梅街道、五日市街道などの道に沿って続く堂々たる並木の姿を見ることができる。

　ふるさとの屋敷の表側、すなわち南面を、村道が百五十メートルほど直線に走っている。その道にそって欅の大木がほぼ十メートル間隔で立ち並ぶ。樹木の高さは三十メートル前後で、景観は重厚そのものだ。この欅並木は屋敷が建てられたころに植えられたのではないだろうか。この家の初代の男は、屋敷を構えたとき、かねてから、近在に目にする立派な欅並木にあこがれていて、自らの邸宅の前に続く村道にも欅並木を、と考えたのではなかったろうか。

また、欅は家の建築資材としても多く使われている。母屋の旧い部屋の柱や梁はすべて太い欅材で、天井に露出した梁を見上げるとその表面に荒々しいチョウナの削りあとが黒光りしている、大黒柱もがっしりした欅材だ。

わたしがその家に住むようになったのは、昭和十九年の冬で、空襲が激しくなって一家が街から引き上げてきた時だった。いろいろな事情から移住は分散して行われた。まず、小学生の姉二人とわたしが、旧家を単身で守っていた祖母の許に引き取られたのだが、しかし、幼いわたしは言うに及ばず、小学校低学年の姉二人も、両親から離れて薄暗い田舎の家に暮らすのは耐えられなかったようだ。日暮れになると母屋を抜け出して、表の門の傍らの欅の大木の根元にたたずんで、街の方を見ながらめそめそ泣く始末だった。そんな孫たちをもてあました祖母の要望で、日ならずして三人は両親のもとへもどったのだった。

かくして、記憶の中にまず現れるのは、姉二人と並んでその傍らに立ち尽くした欅の大木の太い幹で、その表面には大きなこぶがいくつかついていた。

引っ越した田舎の家の周辺も空襲は免れなかった。隣の村に軍需工場があったので、爆撃機は時折上空を通過した。その爆撃機にむかって日本軍が高射砲を打ち上げた。めったに命中することはなかったが、ある夜わたしたちはその光景を目撃した。爆撃機が上空を通過するというのに、何故、外に出ていたのか、今となっては分からない。とにかく、例の表門のかたわらの、大きな欅の木の下で、固まるように集まって、まるで花火を見物するような気分で、爆撃機のいわゆる「空中分解」をこの目で見たのだった。

欅の木にまつわって、もうひとつの事件があった。すでに、小学校に通っていたころのことだ。ある初冬の昼過ぎ、わたしは、屋敷の裏手の庭で遊んでいた時、屋敷の裏の垣根のそとで、枝下ろしをしていた職人が欅の高い枝から落下するのを目撃した。騒ぎが始まったが、母親の配慮だったろう、子どもたちは家の中にもどされて、事件の様子は目にすることは出来なかった。後で知ったことを整理すると、枝下ろしの作業を行っていた若い植木職人が、手順を間違えて自分の切り終わった枝を、額に直撃させてしまい気を失ったということだった。親方は職人を救助しようと木に登っていったのだが、あわてたのか手を滑らせて、途中で落下したのだということだった。その小事件は新聞の地方版に小さく掲載されたが、若い職人の命は助からなかった。

欅並木が伐採されそうになったことがあった。昭和三十年代の初めのことだ。わたしの父は若いころから村会議員を務めていて、戦後になると議長職に就いた。昭和二十年代の後半父は地方政治家としてステップアップを志し、東京都の議会選挙に出馬した。どの程度勝算があったのかわからないが、地盤とする村は小さかったから、はじめから苦戦は予想されたはずだ。結果は惨敗で父にはショックだったらしい。それが直接の原因かどうかはともかく、選挙が終わって二年後に父は胃がんで亡くなった。

父の死後しばらくしたある日、母と兄がある訪問客と深刻な表情で話し合っているのを目撃した。のちに知ったことだが、その話し合いは、訪問客から父が選挙資金の一部として借りた金の返済に関することであったという。貸主の主張は資金の返済が滞っている現状を勘案すれば、貸し金の担保として差し出されている、欅の木をすべて処分するということだった。貸主は建築関係の業者だった。母と法学部で学ぶ兄は必死になって、担保の処分を食い止めるべく奮闘したようだ。その経緯や結末は中学生のわたしには知るべくもなかったが、その後裁判が行われたり、もちろん欅並木が切り倒されたりされるような事態は起こらなかった。

その話は、ずいぶん時が経ってから話題になったこともあったが、母も兄も笑いに紛らわせてしまい、結局詳細を話すこともなく二人とも他界してしまった。恐らく、返済条件の変更によって、穏便な解決がなされたのだろう。樹木を担保に金を貸すというようなことは、国産の木材の価値がまだ十分見込める時代だから成立したのだろう。現在のような経済状況ではあまり現実味のない話のような気がする。

とにかく、欅の並木の担保処分を必死で食い止めた母や兄のことを考えると、ある種の感慨が湧いてくる。彼らの旧家維持のために払った努力のことを思うと、欅並木の存在はわたしにとって、ある象徴的な意味を帯びて見えてくるのだ。

旅

一人旅

昭和三十五年（一九六〇年）、わたしは大学生になった。所属する学部は、経済学部だったが、経済学などの社会科学には全く興味は抱けなかった。頭の中は、芸術や文芸のことで一杯だった。しかしそれは、極めてあいまいな情緒的な気分でしかなかった。

「黄金の六〇年代が始まる。諸君の前には素晴らしい未来が開けている」と、ある授業で教授が語ったが、政治、経済、社会の出来事に疎いわたしには、教授の言葉はぴんと来なかった。「黄金の六〇年代」の初頭はまた政治の季節で日米安全保障条約の改定を巡って、世情騒然としてもいたのだが。

夏休みに入るころ、わたしは旅行をすることにした。一緒に旅行する友人はいなかったから、一人旅をするしかなかった。ちょうどそのころ、「日本の旧い街なみ」に関する数人の文人のエッセイ集を読んでいて、その叙述を参考に、いくつかの街を訪れるのはどうだろうと考えた。

わたしの考えを聞くと母は、眉をひそめて、そんな過去に囚われるより、現実の社会や産業に見聞を開いたほうがよいと言った。しかし、小遣いを貰うと、わたしは自分の計画を実行に移した。

わたしは、北陸方面へ旅立ち、まず高山に向かった。東海道線を名古屋で乗り換えて高山本線を北上する頃、雨が降り出した。梅雨がまだあけきっていなかった。出立の興奮が冷めはじめると、早くもうっすらとした悲哀が湧いてきた。高山についたのは夕暮れで、宿を探して駅の周辺を歩いた。駅の周辺の街は平凡な姿をしていてこころが躍るようなことはなかった。世間知らずの学生のわたしは、求めるものに会うためには、それなりの努力を払わねばならぬことにまだ気づいていなかったのだ。

翌日は、旧市街をさまよったり、乗り合いバスに乗って、盆地の周囲を巡る街道を移動した。その折に街外れの高台から見下ろした盆地の真ん中に、五重塔がそびえている光景は、いまだによく覚えている。山並みを背景にすっくとそびえていたのは、国分寺の塔だった。

それから幾星霜、五十歳になった頃、わたしは家族を伴って高山を訪れたことがある。しかし、高山の街のあちこちには高いビルが立ち並び、ひそかに思い描いていた「街を睥睨する国分寺の塔を遠望する」などということは、夢のまた夢になってしまっていた。

とはいえ、学生時代に見たあの塔の姿は、かけがえのない貴重な幻として脳裏に刻まれている。

高山から能登半島のほうへ向かって汽車の旅を続けた。折口信夫と藤井春洋のことを、件のエッセイ集で読んでそこを訪ねようと思っていた。二人の墓は能登半島の奥にあるはずだった。（今調べてみると、それは羽咋《はくい》にあるということ）しかし、結局その墓はさがしだせなかった。能登の旅について、たいしたことは思い出せない。日記も、旅行記も記さなかったから、かろうじて氷見《ひみ》、羽咋《はくい》、富来《とぎ》という地名を思い出すに過ぎない。

　氷見に行ったのは、高山からの汽車がそこが終着駅だったからだろう。その地域は今ではすっかり観光地化されて名所旧跡は容易に訪れることが出来るようになっているはずだが、昭和三十年代の半ばのオフシーズンに能登半島を巡るには、かなりの下準備と、交通機関の研究が必要だったのだ。漠然とそこを訪れた学生は、行き当たりばったりに乗り合いバスを乗り継ぐしか、知恵をもちあわせていなかった。

　いま地図をみると「雨晴《あまばらし》」は氷見からすこし離れている。だから恐らく、あのときは乗り合いバスで訪れたのだろうと思う。しかし、道すがらのことなど、もうすっかり記憶から失われている。とにかく海岸までゆき海を前にした道端に立って、ぼんやり周囲を眺めていた。雨はやんでいたが、どんよりとした曇り空で、本来は眺められるはずの立山連峰なども視界になかった。どこからかやってきた中年の男が自転車を降りると、「この辺は何時来ても寂しいな」と、旅人のわたしに、なかば語りかけるように一人呟いた。

その後、乗り合いバスを乗り継いで、羽咋やそのほかの場所を巡り富来という街まで行ったのだと思う。富来は漁師町で、小さな旅館に宿泊した。海の音のする宿の二階の窓から港のほうを見下ろしていると、「この辺は何時来ても寂しいな」という「雨晴」の海岸で耳にした男の声が蘇り、わたしは心細くなっていた。食事をしながら能登半島をさらに北上するのはやめようと決めた。

翌日は、はやく華やいだ街に行こうと考え駅に急ぎ、金沢を経由して、京都へ行く列車に乗った。若狭湾に沿って列車が進む時眺めた光景の美しさを今でも覚えている。旅の最終地は京都だった。しかし、どこを訪れたのか、思い出そうと努めるのだが、京都の訪問地の記憶は、その後何度か訪れた旅の記憶と交じり合ってしまい分別できなくなっている。京都駅に降り立ち、宿を決め、夕食を済ませたあと、夏祭りが行われていた八坂神社を訪れ人ごみに交じってすこし浮き浮きした気分を味わったことをかろうじて思い出す。翌日はおそらく、清水寺や河原町あたりをうろうろしただけだったのだろう。

かくして、二十歳の青年の一人旅は終わってしまった。最初意図した日本の旧い街の街並みを味わうというような、優雅な目的はほとんど果たせなかった。

しかし、今思うと、あのひとり旅にはそれなりの意味があったのではないか？　実を言えば、一人旅に挑戦したのはそれが初めてではなく、高校二年生の一学期の終りに、朝、学校に行かずに中央線に乗って、山梨、長野のほうに向かって汽車に乗ってしまったことがあった。勉学に嫌気がさして、どこか遠くに逃げ出そうと考えてのことだった。懐に三千円を忍ばせていて、これだけあれば、しばらく旅暮らしが出来るだろうと、まじめに考えていたのだから、どうにもお粗末な話だが。

立川をすぎ、八王子をすぎ、やがて汽車は山が車窓にせまる駅に停まった。プラットホームの反対側に着いた列車に、その地方の高校生が大勢乗り込んだ。彼らの学帽の鍔がとても広いのに吃驚する。それから二時間ぐらい汽車に揺られて塩山という駅に着いた。そこがその列車の終着駅だった。長野方面に行くには別の汽車に乗り換えなければならない。初めこそ脱出行に勢い込んでいたわたしだが、学校のことや、母のことなどを考えると、長野方面に向かう勇気がなくなってしまって、すごすごともときた道を引き返した。

大学一年の一人旅は、いわば少年時代の脱出行の延長で、曲がりなりにも、四、五日の間一人きりで旅の空の下で過ごすことが出来たわけで、とにかく嘗ての幼稚な脱出行をいわば完成させたわけだった。

その後、旅には何度も出たが、もう一人旅は続けなかった。旅行といえば、親しい友人数人と賑やかにするものとなった。久しぶりで一人で旅をしたのは、サラリーマン生活を終えたあと、思い立ってイタリアに単身語学の習得にでかけた折のことだが、それは別の話ということになる。

夜汽車

城崎、鳥取、松江など、山陰地方を旅したのは、大学二年の夏のことだった。

数人のクラスメイトと一緒に旅をした。松江までは三人、松江でひとりが剣道部の合宿のために帰京すると、萩で一人が合流した。祖母が萩で暮らしているという男が、萩の町を案内してくれたのだった。萩からは二人旅になったが、秋芳洞などを巡り瀬戸内海側に出ると、連れの男は、防府という街にいる友人を訪れると言って別れていった。今は山陽本線の防府駅というが、そのころはまだ三田尻駅という名前の駅の駅頭にわたしは一人で列車を待つことになった。ちなみに、三田尻駅が防府駅という名称になったのは一九六三年のことで、わたしが列車を待った二年後のことということが、今度調べてみて判った。

防府に着いたのは夕暮れ時だった。空腹を満たしたあとで東へ向かったのは、鈍行の夜汽車だった。三田尻から大阪までどのくらいの時間が掛かるのかわからないが、恐らく大阪に着くのは翌日の朝になるだろう、そんなことを考えながら、結構混雑している車両に乗り込んだ。空席が見つからないので、わたしは薄暗い電灯の下でそこだけ空いている列車の床に腰を下ろした。

一時間もそうしていたが、がまんできずトイレに行った。帰ってくると、わたしが座っていた場所を貧しい身なりの中年の男が占領していた。文句を言おうとしたが、そこが自分の領域だと主張する根拠も薄弱だし、貧しい身なりだが、精悍な顔立ちの男に、立ち向かう勇気もなく、すごすごとそこだけしか空いていない連結器の傍らに座り込んだ。まことに居心地が悪く、疲れて眠いのに、眠ることが出来ない。しかし、うとうとしたり、目をあけたりしているうちに、乗客の数が減り、朝方近く空席を見つけることが出来た。

向かいの席には、汚れた和服を着た老人が窓にもたれて眠っている。老人の傍らに、老人の膝に頭を乗せて、坊主頭のいかにもひなびた様子の少年が眠りこけている。あらためて車内を見回すと、薄暗い闇に、タバコの臭い、汗と尿の入り混じった臭いが立ち込めていて、なんとも奇妙な雰囲気が充満している。さっきまでは、眠気と焦慮感で気がつかなかったが、それまで、経験したことがないうらぶれた気分が身体の底から湧き上がってきた。

世の中には、こうしたまさにドーミエの描いた絵のような貧しい世界があり、そこに生きる階層の人々が多くいるのを見出して、粛然とした気持ちにならざるを得なかった。ふと、もし高校生の時に試みた逃避行が現実のものになっていたら、自分もこういう世界で放浪したのかもしれないと思うと慄然とした。しばらく眠りこけていたが、前の座席の老人がたてたがさごそという音に目が覚めた。窓の外はすっかり明るくなっていた。老人は新聞紙に包んだ食物を取り出して、傍らの少年に分け与えている。食物が何なのかはわからなかったが、穀類ではなかったことは確かだ。芋か、かぼちゃの煮物ではなかったか。老人と少年は、満足そうにゆっくりと味わっていた。

汽車はなんどもトンネルをくぐり、すこしずつ東に進んゆく。家並みの向こうに見える海に、強い夏の光が注いでいた。

稚内

三十代の半ば三年間を、わたしは北海道で暮らした。道内各地に散在する信用金庫を訪れて、金融債券を販売する仕事に携わっていた。道東、道北方面がわたしの担当で、一月に一度は、各地の信用金庫を訪れて商談するのが任務だった。もっとも印象に残る出張は、冬場道北を巡る旅だ。初日は勤務先の支店の所在する札幌を列車で出発し、旭川、士別、名寄の各地に立ち寄り、最北端の町、稚内まで行く。朝、札幌を発つと列車は延々と続く雪原を北へ北へと進んでゆく。街も畑も山も川も、すべて真っ白な雪の下にうずもれている。雪に反射する陽光が車窓を襲い、目が痛いほどだ。

　旭川で仕事を終えると、宗谷本線に乗車する。旭川は人口三十万人の北海道で二番目の街だから、中心街は、道路は凍結しているものの、除雪は行き届き、冬のさなかとはいえ結構にぎわっている。しかし、士別、名寄は豪雪地帯で、駅前から始まる一本道の左右に、雪がうずたかく積み重ねられ、まるで断崖のようにそびえる雪の壁の中の狭い道路を、車も人も恐る恐る通行しなければならない。もっとも、道の左右に積まれた雪の壁の間から仰ぐ空は、濃紺を通り越して黒光りがするようで、めったに見ることの出来ない光景だった。

　寒さは想像を絶する。あるとき、名寄駅で駅弁の釜飯を買い列車の中で箸をつけると、白米の表面にうっすら霜が降りていて、噛むとじゃりじゃりして、吃驚したことがあった。

稚内に着くころは、すっかり暗くなっていた。駅近くのビジネスホテルに入ると、着替えもしないで、ベッドの上に倒れこみ、しばらくうとうとしていた。不意に電話が鳴る。朦朧としながら取った受話器の向こうでしゃがれた男の声がする「来てるんだろう? 飲みに行こうや」。声の主は稚内信金の財務経理担当の星さんで、商談の相手の課長さんだった。すでに、月に一度の訪問は十回以上に及んでいたので、当方の行動は心得ている。稚内は海べりの町で、雪は内陸ほど積もらない。しかし、海風がすさび、身体を刺すようだ。

星さんが連れて行ってくれた酒場は、街外れの高台のほうにのぼる坂の途中にあった。がらんとした店の中に大きなダルマストーブが燃え盛り、すこし暑いくらいだ。カウンターの向こうに初老の女性がいる。カウンターのこちら側には常連客と思しい男女が酒を飲んでいた。しばらくは、するめや、干したホタテなどをかじりながら、星さんが酒場の女主人や、常連客と談笑している様子を眺めていた。あのバーの女は札幌へ行ったっきり帰ってこない、何々家のおじいさんはすっかりぼけてしまって、雪の中を徘徊して、家中のものが捜し歩いた。坂ノ下の家に、猫が三匹生まれた……。彼らの話は、あまりにローカルすぎて、わたしの入り込む余地はない。まともな話は、明日、信金の応接間ですればいいので、わたしは彼らの会話に加わるのを早々に諦めて、唯ひたすらウイスキーを飲み続けた。

　凍った道をどうやってホテルにたどりついたのか、酒場からホテルまでの帰路は全く記憶にない。翌朝ずきずきする頭をこらえながら、十時半ごろ信用金庫の星さんを訪ねていった。今月の債券の購入金額を確認すれば、あとは経済や金融の話をちょっとする。それで用談はすべて終わってしまう。星さんは無口だが、時々面白いことを言って笑わせてくれる。ドライに考えれば、こうした訪問をしなくても、商談は電話で済ませられるものかもしれなかった。その仕事を始めたころ、別の信用金庫の担当者が、そういう趣旨のことを言った事があった。わたしはその言葉をまに受けて、その翌月、件の信用金庫への訪問を省こうとした。すると、月末近くになって彼から「何故今月は来ないんだ」という電話が掛かってきてまごついたことがあった。

考えてみると、信用金庫の財務経理担当者は内部の仕事が専らで、外部との接触は極めて少ない。したがってたまに訪問する証券会社や、銀行の人間と話すのは決してわずらわしいことではない。むしろ証券マンや銀行員は、彼らにとって世間に向けて開いた、数すくない窓のひとつなのだ。ときに夜の接待を受けたりすれば、それはそれで楽しみでもある。そう気がつくと、わたしは毎月律儀に、担当する信用金庫を、収穫がなくても訪問することに決めていた。

稚内から札幌へ戻る列車は正午ぴったりに駅を出る。そろそろ、いとまを告げようと腰を浮かせると、星さんが「これ持ってゆきな」といって寿司の折り詰めを手渡してくれた。稚内から札幌までは正味七時間掛かる。旅の無聊を慰めるのによかろうという彼の配慮をありがたく頂戴して、どんより曇った空の下を、わたしは稚内駅に向かって、とぼとぼと歩いていった。

＊＊＊＊

札幌、稚内間を運行する航空便がある。一日一便、プロペラ機が飛んでいたと記憶する。その夏八月の出張は上司に同行したのだが、稚内に着くとその上司に、札幌に戻ったら、その日の夕方急遽取引先の葬儀に出席するようにという支店長からの伝言が届いていた。そこで帰路は飛行機を利用することになった。信用金庫の訪問が終わると、われわれはタクシーを拾って稚内空港へ急いだが、にわかに強風が吹き始め、空港近くに来ると、運転手がどうやら欠航らしいと告げた。空港ビルの屋上に欠航を知らせる旗が上がっているのだ。念のためロビーにゆくと、その旨の張り紙が壁に貼ってある。正午発の列車には、どうあがいても間に合わない、さてどうするか。時刻表をしらべると、札幌ゆきの列車の稚内の次の停車駅は南稚内で、タクシーを飛ばせばあるいはその列車に追いつくかもしれないと判った。空港で待ってもらっていた、中年の運転手に、南稚内駅で列車に追いつけるかどうか尋ねるとたぶん大丈夫だと答えた。

われわれは運転手の言葉を信じて、車を飛ばしてもらうことにした。

　行き交う車もなく、信号もない草原の街道を、タクシーは猛スピードで走り出した。爽快ではあるが、すこし恐怖心も湧いてきて、われわれは会話するのを控えている。十五分くらい走ったところで、タクシーの運転手が、時間の節約のために、自衛隊の演習地をショートカットする、砂利道でかなり揺れるから、どこかにしっかりつかまっていてくれと言った。

　小高い丘の上に車は這い上がり、それから起伏の多い砂利道を再び猛スピードで疾走した。車体の腹部を、飛び跳ねる石ころが叩きつけ、まるで機関銃の連射のような不気味な音が続く。砂利道の左右は、敵が隠れているかもしれない密集した笹藪。妄想が湧いてくる。すると突然車が宙に浮き、周囲は真っ青な色に染まった。急な坂を駆け上って、上りきった車が大きくジャンプして勢いよく着地したのだ。そんなジャンプを何度か繰り返すうちに演習地の横断は最終に近づいた。いつの間にか、車は街道を平穏に走っていた。車は人家の続く集落を何もなかったように走行していた。

南稚内駅のプラットホームに立ったわれわれに、札幌行きの列車がゆっくりと近づいてくる。見上げると、空はすっかり晴れ上がっていた。

根室本線

列車が釧路を発ち小一時間もすると、車窓の左右に水面が光る。進行方向左手は川面、右手は汽水湖。その間を列車は走りつづけ、やがて小さな街が見えてくる。

厚岸。根室本線の沿線は、冬の間は、川も、湖も、原野も、街も、雪に埋もれてしまう。

あたりがようやく緑に染まるある初夏の午後、川沿いを人が一人歩いてゆく姿が見えた。

厚岸を出て人家がとぎれると、列車は雑木林の中をゆく。林の向こうに、牧場があるのだろうか、牛の姿がいくつか見える。汽車が小さな駅で停車すると、わたしはそこで降りてしまおうかとふと考える。しかし、旅の途中で仕事を放棄してしまうわけにもゆかず、浮かした腰をまた座席に戻すのだった。

沿線の樹木の背丈がだんだん高くなり、樹木が密集してくる。時折なにやら汚れた紐のようなものが、窓を掠めてとんだ。樹木から垂れた羊歯のようなものが風に流されてゆく。「さるおがせ」という植物だと、人が教えてくれた。

そのころ、わたしは妻子を東京に残し、札幌で外回りの仕事を続けていた。その年の二月に生まれた男の子は双生児で、一人は生まれるとすぐに死に、一人だけ生き残った子供は、保育器にしばらく入っていた。

札幌での一人暮らしはそろそろ半年になっていた。昨日届いた妻からの便りには、子供は保育器から出て元気に成長していると記されていた。

わたしは、胸のポケットに忍ばせている黒いネクタイにふれながら、もうこれを洋服ダンスの中にしまってもよいだろうと考えていた。

雲

雲

浮雲を風にまかする大空のゆくへもしらぬ果てぞ悲しき

雲といえばまず、式子内親王の歌が思い浮かぶ。後白河法皇の皇女として生まれた彼女の、孤独で悲劇的な生涯を思うとき、「ゆくへも知らぬ」という詩句は、彼女の切実な嘆きへ思念を誘うが、同時に、この歌は新古今集的な情緒の世界をぬけでていて、いわば形而上的な思想を展開しているようにも感じ取れる。わたしが、古歌のなかでも極めて親近性を覚える所以だ。

式子内親王の歌を知ったのは、立原道造のソネットの前書きで、「時鳥そのかみやまの旅枕ほのかたらひし空ぞ忘れぬ」という歌を読んでからだった。立原の純粋で、はかない思いが式子の詩心に共鳴する事情がよく理解できた

立原の作品にも雲はよく登場する。初期の習作に「四月の空はひばり色、ハンカチほどの雲がある」というかわいらしい作品があったのを思い出す。また初期のソネットには「雲の祭日」というのがあって、「オルガンの雲や刷毛の雲」が次から次へと流れ「雲ははるばるひもすがら」で歌い終わる。

このソネットは、遠藤周作の小説「海と毒薬」の最後のシーンに引用されている。「海と毒薬」は戦時中、九州のある大学で行われたという米軍捕虜の人体実験を扱った、重く暗い小説である。その小説の最後の場面で、主人公の医師が、道造のソネットを呟くのだ。読後わたしはひどく奇異な感じを受けた。しかし、その後立原の童画的な、あるいは中世のフランス民謡のような牧歌的な調べが、かえって「海と毒薬」のテーマの深刻さをいっそう引き立たせてい

るのではないかとも思い直した。主人公の呟く詩句が、浮世離れして、音楽的であればあるほど、生体解剖という冒涜的、背信的な行為に立ち会った、主人公の医者の苦悩を浮き彫りにするのではないかとも思った。

立原の詩は、あえて作曲する必要が認められないほど音楽的だと誰かが言っていて、納得するところだ。そして彼の詩は、日本的な風土を背景としているが、きわめて乾いた抒情的感性に支えられているところも、一つの魅力ではないだろうか。

立原は、京都に住むある友人にあてた書簡の中で、「花が雲のようにというのが貴方の世界なら、雲が花のようにというのが、わたしの今いる世界」だと告げている。書簡は追分の宿から出されたのではなかったろうか。そのように、彼を取り巻く世界は、そして取り入れた世界は、明るく、しかし、無機的な世界であったがために、日本の近代詩の世界に、特異な風をささやかだが確かに吹き込んだのではないかと、わたしには思われる。

*

雲について、思い出をたどってみると、少年時代、奈良の若草山に登ったときのことが思い浮かぶ。修学旅行の三日間は最初二日が雨降りで、気分が晴れなかったが、最終日は雨も上がって、皆元気になっていた。午前中興福寺などを巡って、若草山に足を運んだのは、お昼ちかかったのではないだろうか。見晴らしのよい草地に立つと、雨上がりの風が背後から吹き、雲の塊が次々と、街のほうへ流されてゆく。日に照らされて輝く草地の上を雲の影が、ひっきりなしによぎってゆく光景は、爽快ではあるが、どこかに悲劇的な気分もかもし出し、いつまでもこころに残ったのを覚えている。

その旅が終わった後、わたしは拙い詩を書いてみた。

さめてそれも夢であったが、
わたしは塔の水煙にいた。
横笛を軽く唇に当て
月に向かって

天使の楽をかなでつづけた。

さめてそれも夢であったが、
わたしは街を見下ろす丘の上にいた。
雨上がり、湧き出る雲は風に吹かれて、
街のかなたへ流れていった。

さめてそれも夢であったが、
わたしは夜の海を渡っていた。
にわかにおこる嵐にもまれ
帆は倒れ、
船は沈んだ、水底深く。
さめてそれも夢であったが、
こころはなぜか安らいでいた。

*

札幌で仕事をしていた頃は、いつも汽車の旅をしていて、車窓から雲の姿を眺めることが多かった。

そんな時、こころに浮かんだ歌に次のようなものがある。

一日の終わりの野辺に夕雲は朽ちゆく船のごとくただよう

ここへきて夢を見よとぞ亡き父の手まねくごとき雲の一片

自分が、雲の姿を直喩で表現するのがこんなに好きだったのかと、驚かされる。その癖はいまだにぬけず、近年にもこんな短歌を書いている。

冬枯れの野の果てにしばし現れてドルメンのごとたてる夕雲

ドルメンとは言うまでもなく、古代の巨大石造墳墓のこと。夕闇のもとに静かにうずくまる雲の巨大な塊が、意識下の何かと共鳴し、こんな比喩が生まれたのだろうか。

masumi.K.

II

ハンブルク

ホテル・アディーナ

ハンブルクに滞在するのは、これで二度目だ。二年前の十月に、ここで一ヶ月ほど過ごした折に、家族がみんな気に入ったので、再びやって来た。前回は木々の葉は黄ばみ、次第に散ってゆく季節だったが、今回は九月の初めに着いたので、まだすこし晩夏の気配が残り、気温もあまり低くなくて、過ごしよい日々が続いた。

宿泊したのは、今回もアパートメントホテル・アディーナ。聖ミヒャエリス教会にほど近い閑静な住宅街の中にある。住宅街の南に、中規模の広場があり、その周囲にスーパーマーケット、郵便局をかねるロッテ（キオスクのような店）があり、レストランも伝統的なドイツ料理店、イタリアンの店などがいくつかあって、暮らすのには便利だった。広場から町の中央に向かって伸びてゆく街路が三本あって、その沿道には、様々な商店が並んでいるので、ちょっとした買い物なども可能だった。

前回は、ハンブルクの有名な観光スポットを見て回ったので、今回は街の中を出来るだけくまなく歩いて散策することにした。妻は、中央街に出て、いろいろな品物を見て回るのが主目的だ。今回は、二人の孫に、珍しいお土産を買うのだと言って張り切っている。わたしは、家にいるときと同じように時間を過ごすことにした。すなわち、午前中は語学の勉強と読書、午後は散歩。語学の勉強というと、おおげさだが、ガルシア・マルケスの短編集「十二の遍歴の物語」をもう一度スペイン語でじっくり読むのだ。

ハンブルクに着いた翌日は雨もよいだったが、ホテルから東へ、街道沿いを歩いて十分もかからない「植物と花の公園」に出かけた。ハンブルクという街は、緑が多い。中世、街は長大な城壁で囲まれていたが、近代になってその城壁が取り壊され、そのあとに環状道路と、公園が作られたということで、緑地帯が豊富にある。公園の中には、博物館があり、大きな池があり、芝生、森が広がり、あいにくの雨だが、ランニングする人、散策する人の姿が、ちらほらと見えてこころが落ち着く。まだ晩夏の花が芝生や植え込みの間に姿を見せていて、目を楽しませてくれた。この公園をゆっくり歩いてみたかったのよ、と妻が言った。「この公園に来られただけで、この旅行は意味があったわ」

ガルシア・マルケスの短編小説を読む

今年は、年初からアンゴラの作家、アグアルーザの長編「わが父の女たち」を読んでいた。ハンブルクに来る前に一応三度ほど読んで、いよいよ自分なりに日本語にしてみようと思ったのだが、なにしろ本は分厚くて重いし、ポルトガル語の辞書もかなりの重さがある。そこで、ハンブルクへは別の本を携帯し、読むことにした。すこし迷ったが、このところご無沙汰しているスペイン語の本がいいと思い、以前一度読んだ「十二の遍歴の物語」を朝の勉強のためにと思いスーツケースに収めたわけだった。

ガルシア・マルケスはなんと言っても、「百年の孤独」が一番面白いと思う。しかし、「十二の遍歴の物語」は別の意味で、きわめて興味深い作品だ。作品はそれぞれ、マルケス自身の言葉を借りれば、「ヨーロッパに来たラテンアメリカ人の身に起こるいろいろ奇妙な出来事」を綴ったもので、彼のヨーロッパ遍歴をベースにして、異邦人であるラテンアメリカの人々が、ヨーロッパという高度な文明社会において、いかに苦い経験を、そして苦悩と葛藤を繰り返したかを切れ味よく短編に仕立て上げている。と同時に元来カリブ海沿岸で生きてきた人々の、独特な心情を適切に描いている。

以前読んだとき、わたしは十二編のうちで、「聖女」が最も好きだった。奇跡的に腐敗しない自分の娘の遺体を、チェロのケースほどの棺に納めて、ヴァチカンから聖別を受けるべくローマ市内を駆けずり回るコロンビア人の姿と、それを何とか実現させてやりたくて、悪戦苦闘する同郷人の話し手と、その友人のテノール歌手の、青春そのものというような脱線ぶりが、読むものを飽きさせず、抜群の面白さを発揮している。

わたしには、すこし知っているローマの巷がたどれるのも、魅力のひとつだった。今回再読してみてもやっぱり、この短編が一番面白かった。それにくわえて「トラモンターナ」が、好きになった。スペインのバルセロナの南の、コスタ・ブラーバにあるカダケスは、ある季節を除けば、楽園のような海辺の町で、ヨーロッパの各地から観光客がやってくる。中には別荘を建てるものもある。話者もその一人だった。しかし、その地に秋や春を過ごしたものが、夏には、トラモンターナの洗礼を受けることになる。「目と鼻の先の向かい側のアフリカの砂漠から、熱気が押し寄せてくるように感じられる夏になると、カダケスは地獄のようなバベルに変貌し」人々を恐怖のどん底につき落とすのだ。話者もはじめてトラモンターナの洗礼を受けて、恐怖を味わう。しかし、話者は何とかそれを切り抜けるが、切り抜けられないものも多くいた。話者はそのうちの二人の悲劇的なエピソードを語り、トラモンターナによって破滅する人間の姿を浮き彫りにする……。

さて、わたしはスペイン語の勉強を切り上げると、午後は、家人と付きあって、しばしば町の中央へでかけた。ハンブルクの繁華街は、町の中心に広がるアルスター湖の周辺に広がっている。街に行く道は、湖のほとりに向かって緩やかに傾斜している。だから、街に出かけるときは、どのルートをとってもゆるゆると下ってゆけばいいので、歩いてゆくのは容易だ。沿道の店を覗いたり、教会に立ち寄ったりして楽しく散歩が楽しめる。そして、家人が買物に余念がない時間は、湖を望むビルの上階から、湖のたたずまいをゆっくり眺めながら過ごすのだった。

もっとも好ましい場所は、エウローパ・パサージュの二階の大きな書店の窓際の、休憩用のソファーだった。大きなガラス窓の向こうに、人々でにぎわう街路と、湖に沿って伸びる並木道。そして、晴れた午後は、キラキラと水晶のように輝く水面、そして大きな虹を描く噴水の姿を飽きずに眺めて時間を過ごした。あの無為な、だが贅沢な時間は、そうなんども味わえるものではないと思う。

　湖の周りに開けた都市。わたしは、ハンブルクのほかに、スイスのチューリッヒを知っている。ずいぶん昔、いちど訪れて、そのたたずまいにとても感激したものだった。湖を囲む森の中に、ゴットフリート・ケラーの胸像を見出して、しばしたたずんでいたのは、今でも忘れられない思い出だ。街の真ん中に、美しい湖がある町の姿は、いにしえの、志賀の大津の宮もまたそうであっただろうか。

　アルスター湖のほとりの町の風景を見ながら、わたしはゆくりなくも、このところ三日かけて読んだ、ガルシア・マルケスの短編「大統領閣下、よい旅を」を思い出していた。カリブ海の小さな国から亡命した元大統領が、亡命先のマルティニク島から、病気の治療にやってきたのは、スイスのジュネーブだった。季節は晩秋で、レマン湖上には強風が吹きすぎ、岸辺の国連本部の旗は千切れんばかりにはためいていた。しかし、季節が変われば、ジュネーブも、湖を抱いた美しい街に変貌するはずだ、とわたしは空想しながら、初秋の風が渡ってゆくアルスター湖の湖面をゆっくりと進んでゆく遊覧船の姿を何時までも眺めていた。

アルビノーニのアダージョ

エウローパ・パサージュはハンブルクの中央街の真ん中にある大きなショッピングモールだが、この町には他にも中規模のショッピングモールがあって、そのなかの一つが、ルネサンスホテルのすぐ傍の、イヤーバルだ。湖に向かって走る街路に面していて、ルネサンスホテルのすぐ南の入り口から通路に入ってゆくと、広い空間が広場のように広がり、その真ん中に、金属製とおぼしき大きな地球儀が巨大な水盤の上に置かれていて、その姿は道路のほうからも見ることが出来る。

イヤーバルのなかには、文房具店、書店、衣料品店、陶器店、飲食店などが回廊の左右に並んでいて、それらがみんな洒落て瀟洒な店なので楽しめる。回廊には適当な間隔で木製の長椅子が置かれていて、ゆっくり休むことも出来た。あるとき、その長椅子のひとつで休もうとしたら、椅子の片隅に一人の高校生らしき少女が座って、しきりに大きな画用紙に何か書いている最中だった。時折、アーケードのガラスの天井を見上げたり、左右の店のほうを眺めたりして、それがすむとおもむろに、紙に何か書き付けていた。写生をするには、あまりふさわしくはない場所だと思いながら、一心に鉛筆を動かしている少女の背中を、時折眺めていた。

十五分ほど経った頃か、少女の傍に母親らしい人が現れて、少女が立ち上がった。そのとき、少女がわきの下にかかえようとした、画用紙の表面が、偶然わたしの目に留まった。紙の上には、びっしりと文字が連ねられていて、どうやらそれは、詩か歌の歌詞のように思えた。そういえば彼女が時折首を振りながら、何かしきりにリズムを取るような仕草をしていたのを思い出した。少女の顔は見なかったが、きっと素晴らしい曲ができることだろうと、わけもなく思ったことだった。

地球儀の広場の一郭にＣＤショップがあった。さほど大きくはないが、ディスプレイにこころを配ったそのたたずまいは好ましかった。わたしはさして詳しくはないが、クラシック音楽を聴くのが好きだ。仕事を終えてから、いろいろとＣＤを集めて、いわばバックグラウンドミュージックとして、書いたり読んだりするときに、耳を楽しませている。この数年は、そういう中途半端な態度ではいけないと考え、音楽の歴史や、音楽家の伝記などを読み始めている。しかし、楽器も弾けず、楽譜も読めないわたしには本当の音楽鑑賞は無理というものだろう。音楽理論も難解で勉強する手がかりもつかめない。

とはいえ、いろいろな作品を聴いているうちに、自分の好みがすこしずつ定まってはきている。わたしが好きなのは、室内楽や器楽曲で、比較的落ち着いたものを好む。大編成の交響曲や、オペラなどは敬遠する。少年時代、はじめてクラシックを聞き始めたころ、フランクやドビュッシーなどのフランス近代音楽に馴染んだことがいまでも影響しているのかもしれない。いわゆるバロック音楽も、クープランや、ラモーなどから聴き始めた。今はバッハとその同時代の作曲家の作品、それとモーツアルトの器楽曲を中心に聴いている。

ＣＤショップの中をぶらぶら歩いていると、アルビノーニのコンチェルトを収めたＣＤに目が留まった。それには、多少理由があって、アルビノーニのアダージョという曲に関するある叙述が、気になっていたからだ。『文化のなかの西洋音楽史』という本がある。ポール・グリフィスというイギリスの音楽評論家の著書だ。その本の一一八ページに次のような記述がある。「アルビノーニは現在、本人の作品ではなく、一九四五年に音楽史家レーモン・ジャゾットがアルビノーニの作品における数小節を素材にして、まとめたト短調のアダージョによって知られるが……」

わたしは、ずいぶん昔、一九六〇年代にそのアダージョを耳にしてから、（わたしの初めて聴いたのは、ジャズ風にアレンジされていた演奏だったが）とてもこころに響く曲だと思って愛好してきた。わたしは躊躇わずに、アルビノーニのコンチェルトのレコードを買った。そのCDには例の「オルガンのためのアダージョ」も収録されていた。演奏はイ・ムジチ。一九九七年の録音である。宿には、プレーヤーがないので、そのCDを聞いたのは、帰国後のことだ。全十二曲のコンチェルトのアダージョ――第7番を除けば、すべて第二楽章――を聴いてみても、例のアダージョを連想させるものはなかった。そして、最後に、「アダージョ・Gマイナー、弦楽器、およびオルガンのための」を聴いた。気品にあふれていて、過剰なセンチメンタリズムが排除されていて、とてもすっきりとした演奏だった。念のために確かめると、付録の説明書には、「revised by Remo Giazetto」と付記されていた。

それで一応納得していたわたしだったが、その後手にした『バロック音楽名曲鑑賞事典』（礒山雅著）を読んで、すこし驚いた。そこには「この作品はジャゾットという人物がアルビノーニのトリオ・ソナタの断片からこしらえた二十世紀の産物であり、バロックとは縁もゆかりもないムード音楽である」と記されていた。

音楽評論家ジャゾットは、アルビノーニの研究家であったが一九五八年に、この曲を発表した時、次のようなエピソードを添えていたらしい。すなわち、アルビノーニの曲の楽譜はすべて、ドレスデンの図書館に所蔵されていたが、ドレスデンの大空襲で散逸した。しかし、そのなかでアダージョは奇跡的に助かった。

この曲が有名になったのは、オーソン・ウエールズの映画「審判」（一九六二年）で使用されたためらしい。その後、一般に流布し、愛好された。一方バロック音楽の研究が進み、ジャゾットの作為の詳細があきらかになったということらしい。ようするに、「アルビノーニのアダージョ」はジャゾットの創作だったのだ。

しかしながら、いち音楽愛好家にとっては、以上のような経緯は、あまり重要ではないような気がする。「バロックとは縁もゆかりないムード音楽」と磯山が記すのは、長い間だまされてきた専門家の、悔し紛れの言い草にも聞こえて、こっけいな気もする。バロック音楽こそ、真のクラシックという、学者の選良意識による断定がなんだかむなしく思えてくるのだ。

思い出したのは、ピエール・ルイスの「ビリティスの歌」出版にまつわる顚末だった。フランスの詩人ピエール・ルイスが「ビリティスの歌」を発表した時、古代ギリシャのサフォーと同時代の詩の発見して世の中を欺いた事件は、あまりにも有名だろう。

日本にも加藤陶九郎の「永仁の壺事件」というのがあった。学問的な研究と、一般の愛好家の芸術の享受のしかたに乖離があっても、それは仕方がないことではなかろうか。

話が妙な方向にずれてしまった。イヤーバルのアーケードには、チョコレートの専門店があって、わたしと妻はそこに併設された茶房でケーキを食べながらエスプレッソを飲んだ。今でもあのチョコレート店のたたずまいが懐かしい。

ハンブルクのポルトガル料理店

　ドイツ料理はまずい。若いころそんな言葉を耳にしたものだ。一九七〇年代の後半、わたしは仕事の関係で、フランクフルトを拠点に約一ヶ月間ドイツ、ルクセンブルグ、スイス、イギリスなどを訪問したことがあった。昔のことで、記憶は確かではないが、たしかにドイツのレストランやホテルの食事は、あまり美味しいという印象は持たなかった。一つには、自分が肉があまり好きでないことも原因していたろう。麦酒や、ワイン、御菓子の類は、楽しく口にしたが、料理についてはその後イタリアで味わったような喜びは抱かなかった。時代もまた関係していたろう。

　考えてみれば、昭和五十年代においては、わが国でも今のように何でも安くて美味しいなどということはなくて、いわんやグルメなどという言葉は、特別な人を除けば、一般庶民には縁遠かったような気がする。ドイツ人やイギリス人は、勤勉を専らにするので、食事はエネルギーの補給以上のこととは考えていない、というようなことが物の本にも書いてあって、だから日本のサラリーマンもそれに倣うべきだという様なことを言う会社の上司もいた。

しかし、そんな時代は全く昔の話になり、日本は言うに及ばず、ドイツにおいても、安くて美味しいものは、庶民も容易に食べることが出来るようになっている。イギリスのことは知らないが、食の国際化がすすんで、どの国でも、他の国の美味しい料理が食べられるようになったのではないかと思う。その意味では、ドイツは日本同様今ではどこの国の料理も楽しむことが出来る。しかもその水準は高い。イタリアが自国の、というかその故郷の料理を大事にして、食の国際化を拒んでいるのとは対照的に、ドイツはいわば多国籍の料理を受け入れているような気がする。

あるとき、イタリアのルッカで、ドイツから来た語学塾の生徒たちが、ドイツの伝統的な料理は美味しくない、イタリアンのほうが好きだと発言したのを聞いたことがある。もっともそれは外食に限ったことで、家庭料理については、わたしには判らない。

　というわけで、ハンブルクの街中では、ドイツの伝統的な料理は無論、イタリア料理、フランス料理、中華、日本食、中南米、アジアなど各地の料理が食べられる。

　ホテルの部屋にはキッチンがあったから、われわれは必ずしもレストランなどにゆく必要はなかったが、一週間に一、二度は、ホテルの周辺のレストランで食事をした。ホテルの前の広場の周りで賑わっていたのは、やはりドイツ料理店で、そこでは肉料理が中心だった。肉が苦手のわたしは、麦酒とブルスト（ソーセージ）、ジャガイモがあれば満足だった。

　聖ミヒャエリス教会の南側にあるＫというレストランは魚料理がとてもうまかった。その店は一七一八年創業ということだ。もちろん今の建物は戦後に建てられたもので、店の位置もかつては町の中心にあったという。戦後のある時期、今の場所に、嘗ての街の路地ごと再現したもので、木造の建物が三棟、十八世紀のハンブルグを偲ばせる姿でひっそりと立ち、レストランのほかに、みやげ物店を営んでいる。今ではすっかり観光スポットになり、海外の観光客が、団体で押しかけたりしてにぎわっている。

わたしは、前回の滞在の折に、偶然その店を見つけてすっかり気に入って、今回も二度ばかり訪れた。料理は魚をバター焼きし、ソースをかけたもので、さして独自のものではないが、鮭や鱈、鱸など、魚そのものが新鮮なので美味しいのだ。十八世紀にタイムスリップしたような気分で、路地に設えたテーブルにすわって、暮れて行く頭上の空を眺めながらする食事はなかなか風情があった。

実を言えば、聖ミヒャエリス教会の背後の、広い通りに面してオールド・コマーシャル・ルームという店がこの界隈でもっとも有名なレストランで、ガイドブックには必ず記載されており、店の看板には、そこを訪れた有名人、政治家や芸能関係の人、スポーツマンなどの名前が麗々しく書かれている。創業はKよりすこし遅れて一七五八年だそうだ。わたしたちは、その店は高価そうなので敬遠し、専らKのほうを愛用した。店のウエイターに、この店のほうが、あっちよりずっと旧いんだよね、などとお世辞を言って喜ばせたりした。家人によれば、その店のスープ、特にうなぎのスープが美味しいとのことだが、わたしはスープ類は興味がないので敬遠した。

さきに記した、教会の後ろの道には、古本屋があった。その日、わたしたちはエルベ川沿いの、ハンブルクの港のほうへ行こうというので、その道を歩き出したのだが、歩き出してすぐに一軒の古本屋を見つけると中に入ってみた。古書のほかに、骨董や絵画、版画などが、綺麗に並べられていて見飽きなかった。店を出ると、道路際に置かれた棚の上に、安価な古本が積まれていた。ドイツ語はいちど挑戦し、文法書を終えると、シュトルムの短編や、その伝記を読んだことがあるが、結局上達せずに放棄した。だから、何かを買っても結局積読になるなとは思ったが、旅先の感傷から一冊を手にとった。表紙の、黒いソフトをかぶり口ひげをはやした痩せた男の肖像が懐かしさを誘ったからだ。それは、ドイツ人の評論家の書いた、ポルトガルの詩人フェルナンド・ペソアの伝記だった。たった五ユーロだから、読めなくても収録された未見の写真を楽しむだけでもよいと思い、わたしは店に入りなおし、初老の感じのいい女主人からペソアの伝記を受け取った。

古本屋からすこし行くと、例のオールド・コマーシャル・ルームがある。教会の鐘が正午を知らせると店が開いて、レストランの入り口でたむろしていた男たちが勢いよく、扉の中に入って行った。

道はゆるゆると下り、下りきったところに、大きな公園があった。公園のベンチでは、サラリーマンらしい男女が昼食を食べていた。公園から十分も歩けば、エルベ川のほとりに出る。岸壁に沿って、しばらく行けば、今は観光施設になっている、嘗ての船着場に到達するわけだ。岸壁沿いの街道にも、飲食店や、雑貨店それに漁具などを商う店が並んでいる。岸壁沿いの道が、港のほうに行く道と、街区のほうに行く道と分かれるところまで来て、わたしたちは立ち止った。港は前回訪れて周遊船に乗ったことがある。今回はまだ行ったことのない街区のほうに向かう。その街区には、レストランが軒を並べていて、空腹のわれわれには好都合だった。

　街区の十字路の一角にある魚料理の店を選んで、戸外のテーブルに座って周囲を見回すと、十字路のそれぞれの角にあるのは、みんなポルトガル料理店だということがわかった。もちろんわたしたちが席をとったのも、ポルトガル料理店だった。恐らく、この界隈には、ハンブルクのポルトガル料理店が集まっているのだろう。何か歴史的な背景があるはずで、ちょっとしたストーリーをでっち上げることも出来そうだった。だがわたしは考えた。さっき偶然手に入れた書物の表紙のフェルナンド・ペソアが、こっそりとわたしたちを案内して、故国の料理を共に味わおうと言っているのだ、と。

　言うまでもなく、その店の魚料理は安くて、大変美味だった。

津守さん一家

　家人が虫にかまれて、背中に赤い腫れが出来てしまったので、とりあえず薬局へ行くことにした。エレベーターから降りて、外へでようとした時、わたしたちは後ろから女の人の声で呼び止められた。振り向いてみると、若い日本人女性が笑顔で立っていて、「またお会いしましたね。わたしたちはまだここに滞在しているのですよ」と語りかけてきた。わたしは二年前のことをようやく思い出した。あの時この女性と偶然出会って、しばし立ち話をしたのを思い出したのだ。彼女は、難病でドイツでしか治療できないお子さんとともに、このホテルにすでに何年間か滞在している旨のことを話していた。「まさか、あの親子が泊まっていることはもうないよね」と家人とそんな会話を、ホテルに着いた当初交わしたものだった。

　そのまさかが現実だったと知って大いに驚いた。前回は一度立ち話をしたきりで、そのまま帰国してしまったのだ。事情がよくわからないのに、他人の暮らしに立ち入るのは失礼だろうと考えたからだった。その人に、再び会ったわけだった。「一度ゆっくりお話をしましょうか」とどちらからともなく言い、わたしたちは近くの広場の傍にある薬局に向かった。すると、薬局の入り口のところで、一人の三十代と思しい日本人の男の人が、わたしたちに近づいてきた。わたしは、直感的にこの人はさっきあった女性の旦那さんだろうと思った。事実それはあたっていて、「妻からさっき携帯で電話があって、以前お会いしたご夫婦とばったり出くわしたとの知らせがあったので、ご挨拶だけでもと思って……」と説明した。

それからしばらくしたある日の夕方、その夫婦と娘さんが泊まっている部屋（エレベーターホールで出会った時に教えられていた）に電話してみた。すると主人はいないが、子供二人はもう学校から帰っているので、すこしお喋りをしようと部屋にお邪魔することにした。家人は、日本から持参した白米と味噌汁のパックを三人分とケーキをお土産に持ってゆくことにした。部屋に招かれてみると、障害を抱えた十一歳の娘さんのほかに、現地の小学校に通う、利口そうな娘さんがお母さんの手伝いをしているところだった。初めて正式に名乗りあって、テーブルに着くと、奥さんの入れてくれたコーヒーを飲みながら、すこし詳しい話を聞くことが出来た。

津守さんは三十六歳で同い年の旦那さんと結婚したのは十二年前だった。一年後に娘さんを出産したが、きわめて順調に成長した。しかし、二歳をすぎるころ、幼児健診の際に、重大な障害があると告げられた。きわめて例は少ないのだが、両親の遺伝子の不適合が原因で、子供は長くても十年しか生きられず、その間にきわめて重いハンディキャップを負わされるとのことだった。一縷の望みは、この病状に効果があるとされる医薬品と治療法が、最近ドイツで開発されたということだった。そしてその薬品も、治療法も、日本には当分導入される当てはない。もちろん散々悩んだ挙句だが、下のお子さんが生まれて一歳になった時、（上のお子さんは六歳になっていた）思い切って、子供を二人かかえて、単身ハンブルクにやってきた。

ホテル・アディーナのオーナーは、製薬会社の出資者であり、また病院とも極めて親密な間柄で、この種の病気の子供たちを、きわめて安い値段でホテルに受け入れているとのことだった。同じ悩みを抱え、このホテルに滞在する家族は九家族いる。医薬、治療の試験期間は、無料で治療が受けられるとのことだった。障害を持つ長女の桃子ちゃんは、特殊学校に通っている。生まれてすぐにハンブルクに連れてこられた次女の澄子ちゃんは、近所の小学校の一年生だという。そういう意味ではすっかりドイツ人だ。日本語の習得のために二週に一回日本語学校に通っているが、話すことにさしつかはないが、日本語の読み書きを覚えるのには苦労しているという。家庭の事情は、以上のように、かなり重い問題を抱えているが、津守さんの奥さんも子供たちも、見たところ、元気そうで仲良く暮らしているように見受けられた。

わたしたちは、帰国する二日前に、津守さん夫婦に招かれて夕食をご馳走になった。お子さんたちは、すっかりおめかしして迎えてくれた。今回は津守さんも在宅で、わたしたちは、楽しい食事を共にすることが出来た。津守さんのご主人は二年前まで、日本のある会社で、コンピュータ開発の仕事をしていたが、今後のことを考えた末会社をやめて、ドイツに渡ってきたという。ＡＩの技術者として、ハンブルクの企業に職を求めるべく、語学の研修をし、求職活動に努力しているということだった。

　津守さん夫婦は、ハンブルクという異郷の地で、お子さんの治療に専念しているわけで、比較にはならないのは承知していたが、わたしたち夫婦にも、子供の病気にかかわる家族の危機が嘗てあったことを話した。そして、そういう場合の、母親の決断と実行力には、敬服するばかりだとわたしは感想を述べた。津守さんも同意する。父親の役目はまずは経済的な裏づけを確保することである。

　津守さんは酒が飲めず、反対に奥さんはワインが大好きで、こうしてお客さんが来るのは大歓迎だという。奥さんの手料理を頂きながら、いろいろなことを語り合って、九時ごろまで、わたしたちは津守さんの部屋で過ごした。

　津守さんのお子さんの障害については、わたしには詳しいことはわからない。回復する可能性についても、さほど期待は抱けないのではないかと思う。しかし、おかれた苦境の中で、一つ一つ困難を乗り越えながら、できるだけ明るく生きてゆこうとする家族に接して何がなし安堵の気持ちを抱いた。津守さん一家の未来がすこしでも明るいようにと、こころの中でいまも祈っている。

（二〇一九・春・記）

失われた手稿譜

――ヴィヴァルディを巡る物語

十八世紀ヴェネチアで名声を博したヴィヴァルディも、晩年はナポリ派の台頭に、その地位を奪われ凋落し、貧窮の中に亡くなった。彼の財産一切は、債権者への返済のためにヴェネチア政府に没収されることになった。その危機を事前に察知した弟フランチェスコは、ヴィヴァルディの書斎から、兄が生前書き記し、丁寧に保存していた自筆の楽譜、即ち手稿譜をひそかに持ち出し、ヴェネチアの古書愛好家の手に持ち込むことに成功する。その後その手稿譜（ヴィヴァルディ自らの作品以外にも、当時の有力な作曲家の楽譜も大量に保存されていた）は世の移り変わりと共に、紆余曲折を経て、最終的にはある小さな街の修道院（サン・カルロ修道院）と、ジェノヴァの貴族に半分ずつ所有されることになった。

サン・カルロ修道院長は、修道院の大改造のためにその手稿譜の売却を企て、自筆楽譜の鑑定評価をトリーノの国立図書館館長、ルイージ・トッリ（作曲家、音楽学者）に依頼した。一九二六年の十月のことであった。トッリは、友人の作曲家、音楽学者（音楽史）のアルベルト・ジェンティーレと共同で、手稿の整理分析を進めると同時に、トリーノ図書館で買取ろうと思慮をめぐらせた。幸い篤志家の好意により、買取り資金が捻出できて、手稿譜はトリーノの図書館に収蔵されることになった。しかし、修道院から買い取ったものはその半分に過ぎない。ジェノヴァの貴族所有のあと半分についての獲得に、彼らは再度悪戦苦闘するが、最終的にはそれも成功することが出来た。

ヴィヴァルディの膨大な作品の発見は、イタリアの音楽史上まれに見る事件であった。その後、何もなければ、彼らの努力によって、その全貌が、正しくあきらかにされるはずであった。しかし、時代の流れは彼らにその成功をもたらすことを阻んだ。イタリアは二十世紀にはいると、ムッソリーニのファシズムの嵐が吹き荒れ、有能で誠実な二人の音楽学者は、追放の憂き目に遭う。とくに、分析解明の責を担ったアルベルト・ジェンティーレはユダヤ人であったがために、トリーノ大学を追われてしまう。

　ヴィヴァルディの膨大な作品を、彼らに代わって取り扱ったのは、ムッソリーニの政治的、文化的政策に迎合したエセ学者たちと、ファシズムに「いかれた」アメリカの詩人エズラ・パウンドだった。彼らの意図は、ローマ・ベルリン枢軸と同じようにヴィヴァルディ・バッハという枢軸が存在するという、およそ芸術とは関係のない次元の主張を展開することにあった。

　エズラ・パウンドは愛人のヴァイオリニスト、オルガ・ラッジと組んでヴィヴァルディの作品を喧伝して歩いた。彼らの演奏方法は、「自由に想像力を遊ばせて、楽曲を再現する」というものであった。そこには厳密な楽譜の検討も、分析もない。自分たちはヴィヴァルディを大衆普及のためにどう奏でるか、自分たちの功績を如何に派手にみせびらかすか、ということしか彼らの念頭にはなかった。ヴィヴァルディの音楽を勝手に解釈して、とにかくイタリアの文化的優越性を世界に示す功名心しか頭に浮んでいなかったわけだ。

一方で、ジェンティーレが希求したのは、徹頭徹尾「ヴィヴァルディはどう演奏しただろうか」という客観的な事実だった。（ちなみに、この本の著者サルデッリも、ジェンティーレ的な道の追及を継承する一人であるという）かくしてヴィヴァルディの発見は第二次大戦終了以前は惨憺たる姿に捻じ曲げられてしまったのだった。

ヴィヴァルディの作品が正当な取り扱いと評価を得たのは第二次大戦以後のことであるという。

以上は、最近わたしが読んだ『失われた手稿譜』（フェデリコ・マリア・サルデッリ著）の概要である。

フェデリコ・サルデッリは一九六三年トスカーナ生まれの音楽家で、作曲家、指揮者であると共に、画家、版画家、さらに漫画家もかねる、多彩な才能の持ち主であるという。そして、今回は小説をものしたというわけだ。彼は「本書で語られた出来事はその大部分が実際に起こったこと」と記している。音楽学者としての研究の成果をふまえて調べ上げられた事柄は、ふつうなら論文ないしノンフィクション、あるいはドキュメンタリーとして発表されるのだろうが、彼はそのあふれるような才能を駆使して、小説仕立てにし、読者に提供してくれている。事実そのものが波乱万丈であるうえに、彼の筆致も委曲を尽くしているから、読み上げるのには、やや努力を要するが、いったん読み出すと、手を休めることなく読み終わってしまう、実によく出来た物語だとわたしは思った。

　わたしがヴィヴァルディの曲を意識的に聞いたのは、ずいぶん昔二十代の頃で、買い求めた「ピッコロ協奏曲」をＬＰで聴いた時だった。今はＣＤでその曲を聴いている。（この作品は、本来はリコーダーのための協奏曲であると言う）総体的に明るく、華やかだが、それでいてどこか陰影にとむ楽曲は初めて聴いたときからこころを捕らえて離さない。ヴェネチアの運河の煌きを想像しながら聞いている。もっとも、わたしはたんなるクラシック音楽の愛好家に過ぎないから、ヴィヴァルディの曲はそのほかにいくつかしか知らない。だからヴィヴァルディを云々する気持ちなど毛頭ない。

　だが、あるとき、日本人のＭという学者の書いた『バロック音楽』という本を読んで、仰天し不愉快になった。彼はヴィヴァルディの音楽はあまり好きではない。だいいち彼の音楽の品のなさが耐えられない、と書いている。個人的に好きでないというのは勝手だが、品がないという言葉は、一体どこをさしているのだろうか。彼は言う、ヴィヴァルディはイタリアのテノール歌手のように底抜けに歌い騒ぐだけで、留まるところを知らない、と。

　要するに、Ｍは、イタリア音楽の特徴である「歌う」ことに理解が及ばない、ドイツ流音楽尊しに凝り固まった旧来の日本の観念的な音楽学者に過ぎないということなのだろう。それにしても、学術的な著作にずいぶん杜撰な感想を記して恥じない男が、音楽学者を名乗るのはどうかと思うのだが。

　こんな、らちのないたわごとを忘れるために、わたしは、『失われた手稿譜』の著者の次の言葉を最後に記しておこう。「近年イタリアをはじめヨーロッパ各国でヴィヴァルディへの関心がとみに高まっている。そのわけはなによりも、その澄んだ旋律のお蔭でしょう。モーツアルトを聴いているときと同じように、頭とこころに直に触れてくるのです。最初の小節を耳にするなり、聴き手は強烈にひきつけられてしまいます。これはヴィヴァルディの音楽が表層的だということではありません。ヴィヴァルディの楽曲は。底知れない深みをたたえています……」

（二〇二〇年記）

注

『失われた手稿譜』　二〇一八年　東京創元社刊

ミヒャエル・ハイドン

ミヒャエル・ハイドンの名前はどれくらい知られているだろうか。いずれにしても、その名声は兄ヨーゼフ・ハイドンや同時代人であるアマデウス・モーツアルトの知名度には及ばない。しかし、十八世紀において は、彼が活動したザルツブルクのみならず、オーストリア全土でアマデウスに並ぶ作曲家としてミヒャエル・ハイドンは十分知られる存在だった。

ミヒャエル・ハイドンは、兄ヨーゼフ・ハイドンの五歳年下で、一七三七年、ハンガリーとの国境に近いオーストリアのローラウに生まれた。兄同様ウィーンの大聖堂の少年聖歌隊に入り、代理オルガニストとしての仕事もこなすほどの才能に恵まれていた。その後、ウィーンのイエズス会で音楽を学び、ハンガリーのグロースヴァルダイン司教の宮廷楽長となった。

一七六三年ザルツブルクの大司教の宮廷音楽団に移り、一八〇六年に死ぬまでザルツブルクの楽団の主要メンバー、大聖堂のオルガニスト、作曲家として在籍した。生涯にミサ曲、レクイエム、歌曲、カンタータ、オペラなど、音楽の幅広い分野で多くの作品を残した。しかし、彼の性格は目立つことの好きな先輩レオポルド・モーツアルトとは正反対だった。

「この風変わりな人物は、人に与える感銘を自らは認めず、楽譜の印刷の話も断ってしまった」(ロマン・マニュエル『音楽の楽しみ・その2』白水社)。そのためもあって、彼の名前は音楽史上忘れられがちな存在となってしまった。

一七六九年アマデウス・モーツアルトが十三歳でザルツブルク宮廷音楽団の楽師長(コンサート・マスター)に就任した時、ミヒャエル・ハイドン(三十二歳)はすでにその地位にいた。十九歳の年の差はあったが、二人は極めて仲がよく、とくにアマデウスは、ミヒャエルを兄のように慕って作曲の指導を受けるだけでなく、気に染まないザルツブルクの暮らしの中で唯一と言っていいほどの慰めをミヒャエルとの交流によって得ていたらしい。

しかし、父親のレオポルドは、（ミヒャエルの十八歳年上）ハイドンを忌避、敬遠していたらしい。特に、コロレドがザルツブルクの大司教に就任してからは、ミヒャエルが比較的重用されたのに対し、レオポルドはその勤務態度の悪さなどから冷遇され、二人の楽壇の地位は逆転していた。音楽的な実力は、あきらかにミヒャエル・ハイドンのほうが優れていた。というわけで、父レオポルドは、息子のアマデウスがハイドンと仲良くするのを嫌がった。

レオポルドが、ハイドンを忌避した理由はもうひとつあって、ハイドンが大酒のみなので、謹厳なレオポルドはアマデウスを近づけたくなかったようだ。

ハイドンの酒好きとその行状については、モーツアルトの手紙にその一端がうかがえる。

一七七八年七月九日、パリから父レオポルドに送った手紙にはこう記されている。

「……六月二十九日のお手紙まさに頂戴しました。みなさんがお元気でいらっしゃると知り、嬉しく存じます。ハイドンさん（アマデウスの手紙の中で、ハイドンと言えば、すべてミヒャエルのこと）の酩酊のことでは、本当に笑ってしまいました。（教会の儀式でオルガンを弾いているときミヒャエル・ハイドンが酔っ払って失態を演じた話）僕がその場にいたら、「アードルガッサー」と言ってやったでしょう。（以前、儀式中にオルガンを弾きながら、卒中で倒れたザルツブルクのオルガニストのことを言っている）それにしても、あんなに巧い人が、自分のせいで務めを果たすことが出来なくなるなんて、何たる恥でしょう」

「大司教と全宮廷が臨席して、教会がいっぱいに人が埋っているのに。いやなことです。……そんなことも、僕がザルツブルクが嫌いになる主な理由のひとつです。粗野な、やくざな、だらしない宮廷音楽家たち。たしなみのあるまともな人間なら、あの人たちとは一緒にやってゆけません」

この書簡の趣旨は、ミヒャエル・ハイドンの失態を非難するのが主眼ではなく、むしろハイドンの所業を生じさせたザルツブルクの宮廷楽団そのものを指弾している点にある。やたらに高圧的な大司教、イタリア人音楽家を偏愛する大司教とそれに異を唱えられない奉公人然とした楽団員たち。アマデウスのこころの中に鬱積する自由な音楽活動への渇望が、この書簡にも現れている。

ミヒャエル・ハイドンは、大司教に重用され、死ぬまでザルツブルクの宮廷に仕えたとは言うものの、様々な葛藤や苦悩を抱いて暮らしたようだ。そのはけ口のひとつに、酒があったのだろう。

アマデウスと、ミヒャエル・ハイドンがいかに親密な信頼関係にあったかを示すエピソードがある。一七八三年すでにウイーンで活動していたアマデウスは、新妻のコンスタンツを連れザルツブルクに一時帰還したことがあった。そのとき、ハイドンは病気がちで、大司教コロレドから依頼された作品が仕上がりそうにない状態だった。ハイドンが書かねばならなかったのは、「ヴァイオリンとヴィオラの二重奏」で、六曲依頼されていた。そのうち四曲は書き上げていたが、残りの二曲は未完だった。アマデウスはハイドンの苦境を知ると、ただちにあとの二曲を完成して、ハイドンを助けたのだった。かくしてミヒャエル・ハイドンは課題の六曲を無事に大司教に献上できた。かように、アマデウスのミヒャエル・ハイドンへの友情は本物だった。

その後アマデウスはウイーンに去り、レオポルドは死去する。ザルツブルクにおいてミヒャエル・ハイドンは、もっとも有力な地元オーストリア出身の音楽家として遇された。彼はレオポルドやアマデウスとは異なり、最後まで宮仕えを忠実に全うした忠義者として尊敬を集めたから、死後は立派な墓を建ててもらっただけでなく、一八二一年には記念碑までもが建立されたと言う。

ミヒャエル・ハイドンの内面はうかがい知れないが、生前、世俗的には一応の成功者として知られていたのだ。

ミヒャエル・ハイドンの音楽そのものについては、ＣＤで二枚の室内楽を聴いただけしかないわたしなどに何かを語る資格などもちろんありえない。ここではロマン・マニュエルの言葉を引用しておくにとどめる。

「ミヒャエル・ハイドンはモーツアルトと同じく、詩の天分に恵まれていたのです。アンリ・ゲオンの完璧な表現を使えば、彼らにしか属さない夢の花、夢幻郷が、彼らの音楽からにじみ出ています。モーツアルトがその夢見心地のセンスと好みを発展させたのは、まさしくミヒャエル・ハイドンのところでだったと言って間違いはないでしょう。」

（『音楽の楽しみ』その2）

周知のように、十八世紀末から十九世紀初にかけて、ヨーロッパは激動に見舞われる。ローマ教皇領であったザルツブルクは、ナポレオンの率いるフランス軍によって解体されてしまう。大司教はウィーンに逃亡、宮廷楽団も消滅してしまった。ハイドンの死はザルツブルクの解体と時を同じくしていた。その後、ウィーン会議の決定で、ザルツブルクは、オーストリーの所領となる。ミヒャエル・ハイドンの記念碑が一八二一年に建てられたのは、メッテルニッヒの率いるオーストリーの時代のことだった。

ところで、一八二五年フランツ・シューベルトがその記念碑を訪れているのを兄への書簡から知ることが出来るので、最後にそのことを記しておきたい。

(『シューベルトとウイーン』音楽の友社)

一八二五年九月シューベルトは、ザルツブルクとガスタイン方面に旅行し、兄フェルディナンドにその一部始終を書き送っているが、その中に、以下のような叙述がある。

「……僕たちは、かつてミヒャエル・ハイドンが住んでいた聖ペトロ修道院にゆきました。この教会も見事なものです。ここは兄さんも知っているようにハイドンの記念碑があります。じつに美しい物ですが、場所が悪くて人目につかない隅のほうに置かれています。周りには楽譜の切れ端が散らかったままになっていて。興ざめもはなはだしく、壺の中には彼の(彫像の）頭部が置いてありました。善良なハイドンよ、どうかあなたの静かで明晰な精神を僕に分けてください。僕は貴方ほど静かで明晰な人間ではありませんが、この世であなたのことをこれほど尊敬している人間はほかにありません。と僕はこころのなかで呟きました。涙があとから後から頬を伝って流れ落ち、僕はそこを去りました。」

この文章を読むと、ミヒャエル・ハイドンは死後二十年を経ても、音楽家たちに記憶されていたことがわかる。一方で、荒廃したザルツブルクの社会には、芸術家を顕彰し続けるほどの余裕はすでになくなっていたことも窺える。

かくして年月の進行とともに、ミヒャエル・ハイドンの存在は人々の記憶から急速に忘れられていったのだった。

抱擁する父

モンテーニュ

1　はじめに

「エセー」（随想録）で知られるミシェル・ド・モンテーニュ（一五三三〜一五九二）はルネサンス時代のフランスで生涯を送った。だがその時代は、カトリック勢力と、プロテスタント勢力が、本来の信仰理念とは関係なく、宗教の教義を口実にして、政治的権力闘争に明け暮れた時代でもあった。

彼は三十代後半まで高等法院の判事として勤務していたが、父親の死などを契機に、ボルドーの近郊モンテーニュの城館で領主の生活を送ることになる。しかしその隠棲生活の間にも、カトリック、プロテスタント双方の領袖から、呼び出され、種々の相談を持ちかけられ、やむをえず両者の調停に務めたりした。そして、こころならずも、父と同じように、ボルドーの市長を二期四年務めボルドーを戦乱の危機から救うなど、公務にも身を捧げた。

「エセー」という有名な著作で知られ、専ら書斎の人のように想像されるモンテーニュは、実はなによりも行動の人だった。

「エセー」の中で彼は述べている。「世の著作家たちは、何かしら特別な自分の存在を人々に伝えようとする。しかし、この私は文法家でも、詩人でも法律家でもないから、まさに人間ミシェル・ド・モンテーニュとして、私という普遍的な存在によって、自分のことを伝える最初の人間である」と。

後世、パスカルやルソー、ヴォルテールなどが著述した人間探求の書の嚆矢となったのが、モンテーニュの「エセー」であった。

彼はまず、自分の内部を凝視して、人間が自分を取り巻く世界に触れたときに生ずるこころの動きや、思考や判断が、いかに移ろいやすく、あやふやなものであるかに気がついた。彼は記している。

「もし注意深く自分を見つめるならば、人は二度と同じ状態にある自分を見出すことがまずないであろう。ちょっと向きを変えたり、見かたを曲げたりするに連れて、わたしの中にあらゆる矛盾が見出される。内気で厚かましく、貞潔で淫蕩、饒舌で無口、鈍感で過敏、鋭敏で愚鈍、陰気で陽気、嘘つきで正直、博識で無知、気前よしで吝嗇で浪費家、これらのすべてをわたしは幾分かずつ自分の中に、身の向きを変えるにつれて見出すのである……わたしは自分について、絶対的に単一にただの一言で言い表すことはできない。」

かように、人間とは首尾一貫した存在ではないのだ。自分を観察するとは、自分の内面の推移を丁寧に見つめることしかないのだ、と彼は気がつく。

人間を取り巻く世界を大雑把に分類すれば、まず、人間の存在とは関係なく、人間出現の前から、そしてそういうときが来るとして、人類が消滅しても存在し続ける、世界がある。「自然」ないし「宇宙」と呼ぶものだ。

第二に、人間が地球上に出現すると同時にその内部に生じた内面的意識（情動、理性など）である。

第三の世界は、人間が作り出したいろいろな事物であり、都市や社会、機械・道具、その営みの蓄積としての歴史などなどである。宗教、芸術、哲学、などもその世界のひとつである。

第一の世界の研究、すなわち自然科学の分野では、究極の真理はひとつだといっていい。宇宙・自然の法則はすべて数学に置き換えられると主張する学者もいるほどだ。

しかし、第二の世界、第三の世界、すなわち人間存在が介在する世界においては、簡単に真理はひとつと言うわけには行かない。それは、人間の内部の世界、こころの動きや、思考が、あらゆる人に共通、普遍というわけではなく、また時間の推移によって移り変わり、固定したものでもないことに起因している。

モンテーニュはそのことを十分認識していた。彼は、社会的な習慣を人生におけるきわめて重要な要素として尊重した。しかし一方で、社会の習慣は社会が違えばそれぞれに異なることも十分に認識していた。彼は言う。我々は皆、自国の習慣や、法律に準じて生きているが、それはたまたま自分がある特定の社会に生まれて生きているからにすぎず、そのことになんら必然性はない。宗教もまた、同じことだ。

我々がある宗教を信仰するのは、その宗教が通用している国に生まれて、暮らし、たまたま居合わせてその歴史の古さやそれを守ってきたひとびとの権威を尊重しているからに過ぎない。われわれがキリスト教徒であるのは、われわれがペリゴール人とか、ドイツ人であるというのと同じなのである、と。ちなみに彼は公式的にはカトリックの信者として身を処した。

十六世紀の宗教戦争時代のさなかに、こう言い切るモンテーニュの知性の透明性、心胆の剛直さは、きわめて稀なものだ。とはいえ、彼の相対主義は、彼の思考方法の重要な要素ではあるものの、行動の規範ではない。彼はフランス王の宮廷に仕える貴族として、また判事や知事として、自分の仕事を遂行するに当たって、次のような信条を専らにした。いわく、「他人に自分を貸す必要はあっても、自分以外に自分をあたえてはならない」。即ち、職務上の責任は持つけれどそれに自分の実存を賭けるなどとんでもないことだと。

「我々の職業・仕事のほとんどは俄か芝居みたいなもので、我々は、自分の配役をしっかり演じればいいので、仮面や外見を自分の実質としてはならない」たとえていえば「頰におしろいを塗ればいいので、こころにまで塗る必要はない」

　モンテーニュという人には、権勢欲、名誉欲、出世欲、金銭欲などという世俗的な欲望は希薄であり、無縁であったようだ。「エセー」の最後の文章「経験」についてのなかで、彼はこう記している。

「それにしても、われわれは大変な愚か者である。だって彼は人生を無為に過ごしたとか、今日は何もしなかったとか言うではないか。とんでもない、あなたは生きてきたではないか。それこそが貴方の基本的な仕事であるばかりか、もっとも輝かしい仕事なのだ。〈わたしは、自分の暮らし方を作り上げた〉ですって？　ならば、あなたは書物を作った人よりもっと立派な仕事を成し遂げたのですよ。〈わたしはこころの安らぎを得た〉ですって？　ならば、あなたは帝国や数々の都市を占領した人より、大きなことをしたのです。人間にとって、名誉ある傑作は適切な生き方をすることに他なりません。統治すること、蓄財すること、偉大な建物を建設することなどは、せいぜいちっぽけな附属物にすぎません」

この言葉は、上から目線の賢者や宗教家が、人々に向かって、「分を心得て生きろ」というごとき言説とは、次元を異にしている。誰もが話しかけられてほっとする言葉ではないかとわたしは思うのだ。

2　モンテーニュとその父

ミシェル・ド・モンテーニュは一五三三年、南フランスのペリゴール地方、モンテーニュ村の城館に生まれた。父ピエールは、ボルドーの豪商の家に生まれ、彼の時代に貴族の地位を得た人物で、王家に仕える軍人であった。ミシェルは長男で、父ピエールの期待は大きかった。

生まれるとすぐに、ミシェルは近隣の農家に預けられる。当時貴族の間にはそういう風習があったという。三歳になるころ、ミシェルは自家に引き取られるが、直ちにラテン語の教育が父によって施される。そのやり方は、極めて徹底したものだった。まず、ドイツ人でフランス語を喋れぬラテン語の家庭教師と、その助手たちが雇われ、ミシェルの日常生活はラテン語づけとなる。家庭内では父母も使用人もミシェルに対してラテン語以外は話しかけてはいけない。そのため、ミシェルはフランス語も、その地方の方言（ペリゴール語）も全く知らないで育つことになった。

父親が、何ゆえこのような過激な、早期ラテン語教育を施したのかと言えば、それは当時ヨーロッパを席巻していた、ユマニスム思想に、ピエールが心酔していたからというしかないだろう。時はエラスムスに代表されるユマニストが、文化教養の先端を走る時代で、社会の一部では、子どもの教育にもその理論が取り入れられていた。

言うまでもなく中世以来フランスをはじめヨーロッパ諸国の児童教育は、専ら教会の専攻事項だった。教会の教育を一言で言えば、鞭と怒号の奴隷教育のようなもので、子供は人間ではなく別種の動物として扱われていた。エラスムスは教会による教育システムを百八十度転換させて「児童が自分で主体的に興味を持って学ぶ教育論」を主張し、恐怖心の上に訓育を施したり、その記憶力をいじめつけるのではなく、自らの興味を持って勉学に乗り出すのを促す教育論を主張した。

この教育論はヨーロッパの知識階級の間に普及し、折からボルドーにもギュイエンヌ学院が創設された。父ピエールは、当学院長と昵懇であったから、ミシェルの教育をその学院で受けさせることに決めて、学院長はじめ、多くの有能な教授たちと相談の上、先に記したような早期ラテン語教育を就学前に実行したのだという。

ミシュエルは六歳になると、ギュイエンヌ学院の寄宿生となって、郊外の城館からボルドーへ移り住んだ。学院の就学期間は十二年間と定められていたが、ミシェルはすでにラテン語の会話と読み書きは習得していたので、初級を飛ばして、中級クラスに配属された。十歳から十一歳の同級生の中に、母国語を全く知らない六歳の子供が放り出されるということが起こったわけだ。もっとも、学院内では、ラテン語以外は禁じられており、そのうえ、特別に家庭教師の一人が付添いとして同行したというから、全く孤立することはなかったし、学院の先生たちもミシェルの面倒に怠りはなかった。教室内外で問題が生じないような措置は講じられていたと思われる。

しかし、モンテーニュ少年の置かれた立場はなんとも奇妙なものであったことには変わりはない。中級クラスの授業は、午前中は、ラテン語の短いセンテンスの口述、書き取り、注釈、午後はラテン語文法。週二回はラテン語のフランス語への翻訳などであった。しかし、ミッシェル少年にとっては、こうしたカリキュラムは、なんとも不可解で、耐え難いものだったろう。周囲の生徒たちとこれ以上乖離した学習はなかった。第一、翻訳といわれてもフランス語が出来ないのだから、全くお手上げだ。また文法の授業は全くもって、その意味がわからなかった。ラテン語が母語である人間が、いまさら初期文法などを学ぶ気になるはずはない。

かくて、最初のうちは、学院にいることは、苦痛以外の何物でもなく、教育の成果は全く見られなかった。父親も、学院長もミシェルのラテン語能力があたら破壊されてゆくばかりなのに困惑することになった。しかし極めて柔軟な学院の環境はひとつの救いの策を編み出した。少年にはラテン語の書物を与えて、授業中もその書物を盗み読みしていれば、特段問題なしという策が講じられた。幸い少年の知的能力、好奇心は優れていたから、彼は学院生活を専らラテン語の書物を読むことで過ごした。オウィディウスから始めて、ウィルギリウス、テレンティウス……、少年は学院に豊富に取り揃えられた古典を片っ端から読破した。かくしつつヨーロッパ中を宗教的対立が吹きまくる時代に、ボルドーの学院の中で、一人の少年が、キリスト教とは一切無関係な、古代ラテン世界の汎神論的な文学に、どっぷりとつかる生活を送るという、世にも珍奇な光景が現出したのだった。

しかし学年が進むに連れフランス語にも習熟し、また上級クラスにおいて授業内容も高度になり、先生たちも優秀な人々がそろっていたから、彼の学習への興味は増してゆき、十五歳で学院での就学を終えるときには、父親や学院長の初期の目的は、めでたく達成されることになったという。

ギュイエンヌ学院を終えたあとの彼の生活は必ずしもはっきりしない。しばらく城館で生活し、未来の領主としての修業を積まされたようだが、彼は実務には向いておらず、館の家政を実質的に仕切っていた商家出身の母親を失望させたようだ。そうこうするうちに、父親や、学院の先生たちの勧めもあって、一五五一年、パリへの遊学の道が開けたらしい。もちろん、当時それが貴族の子弟の遊学に通例であるお目付け役の同行があったことは言うまでもない。

パリでは、フランソア一世のバックアップもあって、王立教授団なるユマニストたちの学派が形成されていて、ギリシャ・ローマの古典の研究を中心とする学問を学ぶことが出来た。この学派は、カトリックの牙城である、パリ大学神学部の偏狭な教育方法から、学芸を救出しようとする人々の集まりだった。モンテーニュ青年はその教授団の多いに私事して、知的な訓練に励んだものと思われる。

その一方で、ボルドーの名士である父の威光もあって、パリの多くのサロンに出入りし、有力な貴族たちと昵懇になり、宮廷にも出入りすることが出来た。もちろん彼が勉学だけに専念したというようなことはありえず、青春を謳歌したのはいうまでもない。彼は少年時から、古代ローマの詩や小説に親炙していたから、自然の欲求を満たすことになんら罪の意識などは抱かなかったことだろう。こうして、将来父の後をついで、貴族の家柄を維持するのに必要な、社会的教養やマナーなどを身につけていった。

一五五四年、父ピエールはボルドー市の市長に任命された。それと同じ年、二十一歳のミシェル・ド・モンテーニュはペリグーに出来たばかりの租税法院（御用金裁判所）の判事の職を伯父から譲ってもらい、公職に就くことになった。

一五五七年にペリグーの法院は、ボルドー法院に吸収され、モンテーニュはその判事になった。高等法院という機関は、単なる司法機関ではなく、フランス王国に特有な、広範な権限を持った政府機関で、司法のみならず、外交・軍事・警察などの業務にも関与するものだったという。しかし、モンテーニュが働いたのはその役所の予審部で、租税等に関する裁判を主として扱う部署であった。そして、彼はその仕事に十三年携わったが、席次は第十席で、それ以上に昇進することはなかった。

後に書かれた「エセー」からわかることは、彼が、「法律」そのものに対して、多くの疑念を抱いていたことだ。さらに、「……わたしは誰も憎まない、人を傷つけることにはとても臆病で、道理を守るためであっても、それが出来ない。だから、機会がわたしを罪人の判決を言い渡す羽目になると、わたしはむしろ、法律のほうに義理を欠いた」とさえ記している。法律のほうに義理を欠いた、というフレーズの真意は定かではないが、峻厳な判事というイメージとこれほど乖離した言葉はないだろう。いずれにしても、判事の職に彼があまりむいておらず、出世を考えることなども全く興味なかったことが推測される。

しかしながら、法廷ほど、世の中の姿を具体的に反映した場はなく、それに常々接したことは、モンテーニュの人生経験を極めて豊富なものにしたのは間違いあるまい。若き日に学んだ様々な書物の内容と、現実世界の諸相と引き比べ熟考することが、後の彼の著作「エセー」に計り知れない影響を与えたことはいうまでもない。

だが、高等法院の体験が彼に与えた最大のものは、法院の同僚であり彼にとって唯一のかけがえのない友人となった、エチエンヌ・ド・ラ・ボエシー（一五三〇～一五六三）との邂逅であった。後に彼は、こう記している。

「二つの魂は交じり合い完全に渾然一体となって、もはや両者の縫い目もわからない」ほどであったと。

しかし、その親友は一五六三年に、流行病で死んでしまう。それから五年後には、彼の父親ピエールも亡くなった。先に記したように、モンテーニュは必ずしも高等法院の職務に満足してはいなかった。父親の死去は、彼が職務から身を引いて、モンテーニュの城館で暮らす決心を固めさせた。かくして、モンテーニュの第二の人生が始まり、その中で彼は、「エセー」という、ユニークな書物の執筆を営々と続けることになった。

といって、彼が完全に隠棲生活を送ったと言うことではない。カトリック勢力と、プロテスタント勢力の政治的、軍事的対立がとめどなく激化するフランスにおいて、カトリックの牙城であるフランス王室の顧問のような立場にあるとともに、プロテスタント勢力の旗頭であったアンリ・ド・ナバールのアドバイザーにされていた彼は、しばしば、両勢力からの呼び出しを受けて、ひそかに調停や助言を求められたことは前述したとおりである。

また、「エセー」の執筆に一区切りつけて、書物として出版したあとには、一年半に及ぶヨーロッパ各地の旅行を試みたりしている。その旅の途中で、ボルドー市から、市長職を引き受けるべく依頼され、やむを得ず、市長を四年間勤務することになる。しかし、今はそれらのことはおいておき、極めてユニークな育て方を彼にほどこした父親ピエールに対して、息子のモンテーニュがいかなる気持ちを抱いたかを「エセー」のなかに見てみたい。

「……神は私によき父親を与えてくださった。その優しさに、元気潑剌たる優しさにたいし、ひたすら感謝を捧げる。……父はわたしがまだ揺りかごにいる時代に、自分の領地の貧しい村に里子に出し、わたしを庶民のありきたりな生活に慣らしたのだった。……わたしを、民衆と我々の助けを必要とする境遇の人々に近づけて、わたしが背中を向ける人よりも、むしろ救いの手を求めてくる人に、目を注ぐべきだと考えていたのだ。……」

モンテーニュは長じて、人間に対し一切の差別をしないという信条をいだき、それを実践した。南米からフランスに連れてこられた原住民に接した時に彼が抱いた感想……（「人食い人種について」）はそれを如実にあらわしている。

彼は「私は幼いころから、ローマ人とともに育てられたようなものだ」と記している（「空しさについて」）。これは、幼年のころからラテン語を母語として英才教育を施されたことを言っている。そして、古典との交わりを父親の記憶と結びつけている点を見逃すわけには行かない。彼がラテン語を母語として、幼いころから一貫して学んだ精神は、ルネッサンス期に再び息を吹き返した思潮、すなわち、宗教的なドグマに汚染されない、理性的、理論的思考によって、あらゆる事物を、「自由検討する精神」そのものだった。中世的な、キリスト教的な、ゆがんだ禁欲思想から彼は解放されていた。かように、モンテーニュはその父親にたいし、限りない信頼を抱いていたわけで、その光景を目の当たりにできるのはきわめて喜ばしいことではないだろうか。

3　モンテーニュとエチエンヌ・ド・ラ・ボエシー

先にわたしは、モンテーニュのやや早すぎる高等法院退職の理由のひとつは、高等法院の同僚エチエンヌ・ド・ラ・ボエシーとの死別だったと記した。二人の関係は、「エセー」第一巻二十七章に詳細に記述されている。モンテーニュは、ラ・ボエシーと出会う前に、すでにラ・ボエシーの書いた「自発的隷属について」と言う論考を読んでいてその主張に強くこころを引かれていた。その後高等法院で、すでにそこで働いていたラ・ボエシーと出会う。

「われわれは神の望まれるあいだ、完全かつ完璧な友情を育んだ。これと同等の友情は書物の中でもまずお目にかかれないだろうし、今の時代にも、こうした友情の形跡は見られないと思う。こうした友情を築き上げるためには偶然が不可欠であって、そうした機会は三世紀に一度でもやってくれれば上々なのだ」とまで彼は記している。

「エセー」のほかの諸作品に比べて、この「友情については」は群を抜いて高いテンションで綴られている。「わたしがお話している友情の場合、二つの魂は交じり合い、完全に渾然一体となって、もはや両者の縫い目もわからないほどなのである」。さらに彼は世間のありふれた友情と我々の間のそれを同列に置かないで欲しいとまで記す。

モンテーニュは、人と人との間の情愛のうちで、友情がもっとも美しく、持続的なもので、それは燃え上がってやがて消えてゆく男女の恋愛とは比べられないと言う。また親子や兄弟のあいだの情愛は、自発的なものではなく、運命的なもので、友情と比較できないと言う。

また、夫婦の情愛は「入場が自由な市場取引であって、その持続は義務であり、強制されているけれど、われわれの意志以外のものに依存している」と述べている。

また、古代ギリシャの社会に流布していた同性愛の関係は、愛するほうが一方的に高められるだけのもので、二人の精神が常に高められる友情とは次元をことにするものだ、と論じている。

しかしながら二人の友情は四年間しか続かなかった。ラ・ボエシーはモンテーニュと知りあってから四年後に流行病で命を落としてしまった。

「自分は比較的ここちよい人生を送ったが、あのひととの甘美な交わりを享受したあの四年間と比較すると、あとの年月は、はかない煙のようなものだったように思う。暗くてやりきれない夜でしかないとも思える。わたしに差し出される楽しみも、わたしを慰めるどころか彼を失った未練を倍化させるだけだ。我々はすべてを半分に分けていたのだから。今はなんだか、彼のわけ前を奪っているような気がする」、と彼は記す。

ボエシーは天賦に恵まれた才能の持ち主で、もし生き続けられたら、古典古代の栄誉にも等しい多くの著作を物しただろう人だった。彼に匹敵するような人物をわたしは知らない、とまでモンテーニュは言う。

ラ・ボエシーは死ぬ間際に愛情あふれる敬意をこめて、遺言によりモンテーニュを、蔵書と遺稿の相続人に指定した。そして、死の床で「私にひとつの場所を与えて欲しい」と繰り返したという。ボエシーは当時すでに優れたユマニストとして、一部で知られていたが、著作は出版されていなかった。モンテーニュは、彼の意志を尊重して、その「詩集」、および「プルタルコスなどの古典の翻訳」を早々に出版して世に知らしめた。そしてボエシーの代表作である「自発的隷従について」（専制的独裁者に対する人間の自由を称揚した論文）をモンテーニュは特別な配慮の元に、自分の著作「エセー」の中心部に据えて出版しようと決心した。ところが、エセーの記述を進めている間に、ボエシーの論考が、プロテスタント側によって、政治的プロパガンダに利用されるという事態が出来してしまった。（当時は著作権などの規定は全くなく、出版事業はまるで無秩序であった）

モンテーニュは、唯一無二の友の代表作が、宗教をダシにした党派的対立に利用されるのを心底恐れた。その結果彼はボエシーの論考を「エセー」に収録するのを断念する。その後代替策を講じたが、うまく行かなかったという。しかもエセーの最終版の二十八章は「エチエンヌ・ド・ラ・ボエシーによる二十九編のソネット」と言う表題が記されただけで肝心のソネットは欠落している。

こうした経緯を知れば知るほど、人は、モンテーニュのラ・ボエシーに対する深い友情に思いを馳せることになる。

なお、モンテーニュの「エセー」は著者生前に、理想的な読者を得ることが出来た。パリの貴族の子女グルネー嬢である、彼女は「エセー」に心酔し、深く読み込み、モンテーニュを訪れ、意気投合した。モンテーニュとグルネーは精神的な親子として尊重しあい、モンテーニュの死後、グルネーは、「エセー」の決定版を作成することに生涯を捧げた。

文筆家、画家、作曲家、など創作に携わるひとの喜びは、作品にこめられた作者の内部世界を、全面的に、何の恣意を持たずに、享受してくれる存在に出会うことであろう。その意味でも、モンテーニュは幸福なひとであった。彼は文筆家としても生活者としても、きわめて幸運に恵まれたひとであったとわたしは考えている。

（二〇二〇年　夏）

参考文献
モンテーニュ『エセー』宮下史朗訳（白水社）
『城館の人』堀田善衛（集英社）
『モンテーニュの書斎』穂刈瑞穂（講談社）

モーツアルトとその父

ウォルフガング・アマデウス・モーツアルト（一七五六～一七九一）にモンテーニュのような早期教育を施す必要はなかった．周知のように、彼には生まれつき音楽の才能が信じられないくらい備わっていた。四歳のとき父にピアノ演奏の手ほどきを受けると、翌年にはピアノ曲を作曲することができた。その後彼は演奏技術においても、作曲においても天才的な能力を開花させた。それを証明する事実は、彼の伝記を紐解けば、すぐに理解できる。

アマデウスの父レオポルド（一七一九〜一七八七）はザルツブルクの大司教宮廷楽団の主要メンバーで、有能な演奏家、作曲家であるばかりでなく、音楽理論家、教育者としても実績を持った人であった。アマデウス・モーツアルトは父親が三十六歳という働き盛りの時の子どもだった。父レオポルドは野心家で、名誉欲も強く、生まれた息子が類まれな音楽の才能に恵まれていることを見抜くと、いち早くその才能を磨くために、そして一家の財政をより豊かにするために、子どもを最大限に利用した。

六歳になるとアマデウスとその姉ナンネル（彼女もピアノ演奏に秀でていた）を、演奏旅行に連れ歩いた。

元来、ザルツブルクは、その立地のよさから、ハプスブルク帝国の首都ウイーン、バイエルン選帝国のミュンヘン、さらにはアルプス山脈の南、イタリアのミラノ公国などとの文化的交流が盛んで、古くから優れた音楽的伝統が築かれた町のひとつだった。だから、もしレオポルドが、ザルツブルクの宮廷楽団の演奏家、作曲家の地位に満足していたなら、その子どもたちを、ヨーロッパの各地に連れまわるなどということは考えなかっただろう。現に当時同じ楽団のメンバーだったミヒャエル・ハイドン（有名なヨーゼフ・ハイドンの弟）などは、ザルツブルクでその生涯の大半を送った。父レオポルドの積極的な音楽旅行活動がなければ、後に西欧クラシック音楽の代表的存在となるW・A・モーツアルトを生み出すことはなかっただろう。

W・A・モーツアルトは六歳の時、ウイーンのシェーンブルン宮殿を訪問しフランツ一世とマリア・テレジアの前で御前演奏を行い大成功を収めたのを皮切りに、その後毎年のように、ヨーロッパの音楽的な主要都市を父に連れられて巡り歩いた。七歳の折にはパリ、八歳にはロンドン、十四歳の頃にはミラノなどなどを訪れ、そのつど、その演奏と、作品発表は成功を収め、弱年にして彼の名声はヨーロッパ中に鳴り響いた。しかし、重要なのはそのことではない。各地を遍歴することにより、当時のヨーロッパ音楽の最先端の潮流に接しそれを吸収し、彼自身のものとしていったことこそ、最も重要なことであった。

「アマデウスが様々な音楽言語に接することができたのは、まさしく遠心的な運動によってである。つまり、彼は可能な限り頻繁にこの故郷の町を離れ、現地において、それらの言語を学んだためである。」

（ジャン・ヴィクトール・オカール著『比類なきモーツァルト』白水社刊）

父が、息子の音楽的才能に対する世間の高い評価を、その就職に結び付けて考えたとしても、決して責められることではなかったろう。現に十四歳のとき、アマデウスはミラノの宮廷から招かれる機会を得た。マリア・テレジアの息子である、ミラノ公国、フェルディナンド大公（当時ミラノは、ハプスブルク家の支配下にあった）の婚儀のための「祝典劇」を作曲、演奏するように依頼された。翌年演奏された祝典劇は大成功で、フェルディナンド大公は、アマデウスをミラノの宮廷で雇うことにして、母親に許可を求めた。しかし、母親のマリア・テレジアはおおよそ次のような内容の書簡を送りつけてきた。

「……あなたが、若いザルツブルク人を自分のために雇おうとしているのは理解できない。作曲家と言う無用の人間を必要とするなど信じられない。

あなたは、無用な人間を養ったり、また肩書きを与えたりしてはなりません。乞食のように世の中を渡り歩くような人は、奉公人たちに悪い影響を与えます、その上彼は大家族だというではありませんか……

かくして、アマデウスがミラノの宮廷の音楽団に採用されることはなかった。その後も、何度か、有力な宮廷楽団への就職を試みるが、結局、ザルツブルクの外には、定職をうることは出来なかった。

マリア・テレジアの手紙を読むと、当時の権力者、上流貴族階級の音楽家に対する一般的な考え方が窺える。アンシャンレジームの王族、貴族は、音楽を趣味や道楽として愛好するものも多かったが、所詮音楽家は、宮廷貴族の城館の奉公人としか考えておらず、その採用も、音楽的な能力は二の次で、料理人や馬丁と同様、縁故があり、使いやすい者を雇うというのが一般的だったということだ。

十五歳のとき（一七七二年）アマデウスは無給ながらザルツブルクの宮廷楽

師長（コンサートマスター）に就任する。その年亡くなった、ザルツブルクの大司教シュラッテンバッハの配慮であった。翌年、新しくコロレド伯爵がザルツブルクの大司教に就任する。モーツアルト親子の境遇はそのことによって、大いに影響を蒙ることになった。

　コロレドは、啓蒙主義者で、司教国の合理的な経営を目指し、ザルツブルクのいわば近代化を図るという面はあったが、支配の手法は専制的で、支配下の人間にとっては厄介な存在だった。前の大司教の時代、モーツアルト親子は、特別な愛顧を受けていて、長期間の演奏旅行なども許されたのだが、コロレドの代になると、そういう自由はしだいに許されなくなった。またコロレドは、宮廷楽団の人事面で、どういうわけか、イタリア人の音楽家を極端に優遇する人で、そのためにモーツアルト親子たちの不満は高まった。また、モーツアルト自身思春期を迎えてそれまでのように父親はじめ周囲の意向に従順に従うわけではなかった。

　幼いころから注目を浴び、各地で活動してきたから、ザルツブルクの宮廷音楽団の音楽的水準も把握していて、そのあり方に次第に批判的になっていったと思われる。

一七七七年、二十一歳の折、親子で申請した長期休暇が、大司教から却下されると、アマデウスは辞表を提出してコロレドに反抗した。一方父親のほうは、コロレドに罷免をちらつかされて、結局長期旅行を諦めることになる。

モーツアルトは父親抜きで、母親と二人で演奏旅行に旅立った。ミュンヘン、アウグスブルクを経て、母親とともにパリに行く。多くの演奏会を開きながら、旅を続けたが、その第一の目的は、父親の厳命もあり、本格的に就職口を見つけることだった。しかし、結局職探しは実現しなかった。一七七八年、滞在中のパリで、母親アンナは病没する。アマデウスは大きなショックを受ける。その後、一七七九年、父親の懇願、説得に屈してモーツアルトは、演奏旅行を切り上げて、ザルツブルクへ戻り、宮廷楽団に復帰せざるを得なかった。

とりあえず、彼はザルツブルクに留まる。帰郷後まもなく宮廷オルガニスト奏者となる。約一年半アマデウスは故郷での最後の宮仕えで過ごしたが、その生活は、予想していたこととはいえ、耐え難いものだった。彼の内面は、パリ旅行中に手紙に記した様々な不平不満に如実にあらわれている。いわく「ザルツブルクは、僕の才能に向いた土地ではない。第一に、音楽にかかわる人たちが、まったく尊敬されていないこと。第二に何も聴くものがない。劇場もなければ、オペラもありません。さらにこの五、六年間、ザルツブルクの管弦楽団は無用の長物、よけいな連中で一杯です」

「あの大司教は僕を奴隷扱いする……あの乞食宮廷に再び仕えるかと思うと、全く腹立たしい。やつの鼻を明かすことだって出来ないわけではありません……」

　大司教との決裂は一七八一年にやってきた。大司教はもともとウィーンの副宰相の子息で、故郷ウィーンで自分のザルツブルクでの成功を誇示したいという欲求は強かった。自分の成功をひけらかすために、自慢の宮廷音楽家、即ちW・A・モーツアルトに演奏させようと試みた。モーツアルトの演奏は、予想通り大成功を収めたが、コロレドは、モーツアルトになんら報いようとしなかった。モーツアルトは、自分が権力者の権勢示威の手段としてしか利用されないことに心底怒り、演奏会が終わっても、大司教の命令を無視して、ザルツブルクへは戻らず、本格的な音楽活動を続行せんと、ウィーン滞在を続ける。大司教はモーツアルトを口汚く、激しくののしる。それをきっかけに、アマデウスは、かねてからの決心に基づいて辞表を提出して受理される。

　その事件を知って父レオポルドは息子に翻意を促そうと必死に試みるが、アマデウスは一切耳を傾けず、それどころか、自分の行動を支持せず、大司教に弱腰な態度を見せる父親に次のような手紙を送り、父親との決別を宣告する。

「貴方の手紙にはただの一行も、僕の父親を見出すことはできない。自分自身の名誉と子どもの名誉を気遣う最上の父親、愛情にあふれた父親を見出すことはできません。一言でいえば、貴方は、僕の父親ではありません」

　激怒のさなかの言葉ではあるが、モーツアルトが、実生活の上でも、音楽家としても、自立を果たすためには、父親へのこのような激越な告別の言が欠かせなかったのだと思われる。

かくして、モーツアルトは、ウイーンに定住し自立した音楽家としての生活を歩み始めた。コンスタンツとの結婚生活も同時に始まった。

ウイーンにおける、モーツアルトの音楽活動の推移は、三つの段階に分かれる。

前期は一七八一年から一七八三年にかけてで、ウイーンに移住してピアノの教師、そして、演奏家、作曲家として次第に有名になった時期である。作品としては交響曲「ハフナー」「リンツ」「ピアノ協奏曲、第十四番、十九番」などが生まれた。その中でも一七八二年は、バッハの音楽と、ハイドンの音楽を同時に発見した年として画期的な年であった。

中期は、一七八四年から、一七八七年半ばまでで、モーツアルトが自分の世界を思う存分掘り下げ、自分の内面を追求した時期であった。作品としては、交響曲「ジュピター」「プラハ」「ピアノ協奏曲二十番」、歌劇「フィガロの結婚」「ドン・ジョバンニ」などが作曲された。

前期の作品はウイーンの聴衆を意識してより平易に口当たりよくかかれてい

るが、中期の作品は、敢えてわが道を行くといった趣の、複雑で難解な作品が多くなり、「むずかしい」と言う新聞の批評記事が目に付くようになる。

後期は一七八八年から一七九一年、モーツアルトの早すぎる晩年であり、清澄な、透明な様式、さらりとした流れの中に、深い味わいのある様式、美しい旋律にポリフォニックな要素の深く浸透した様式が現れてくる。歌劇「コシ・ファン・トゥッテ」「魔笛」「ピアノ協奏曲二十七番」「クラリネット協奏曲」などが作曲された。

モーツアルトの音楽にわたしが惹かれるのは、その作品に感じられる、透明性、明澄性であり、時に憂愁に満ちた旋律は現れるが、やがて静かに聴くものを幸福感に導いてくれる、人生への肯定的な姿勢にある。

先に引用した、オカールはその著『比類なきモーツアルト』においてモーツアルトは「ロマン派の芸術家たちのように、苦悩こそ芸術的霊感のもっとも深い源泉である、と考えるような人間ではない」と記している。

モーツアルトは歴史的転換点を生きた人だった。一七五〇年バッハが亡くなり、バロック音楽のヘゲモニーが終焉すると、バロック音楽という文化的な普遍主義が分裂し始め、やがて、ロマン派の音楽が、それに代わってヘゲモニーを確立して行く。十九世紀に入るとこの分裂の動きは国民性の目覚めに呼応して、スペイン、ロシア等々のいわゆる国民音楽が誕生する。こうした動きはモーツアルトの時代にすでに潜在していたが、彼はこの運動とは全く無縁であった。十九世紀になってモーツアルトの人気が一時衰えた理由のひとつはその潮流に原因があった。

モーツアルトは、幼少時からヨーロッパ各地を巡り各地の音楽に接することによって、音楽美の普遍的な感覚を身につけた。彼は空間的に一国の代表ではなかったように、時間的観点からも、当時知られていたあらゆる音楽言語を自分のものにしていた。滅びかけたバロック、当時流行のギャラント、さらには未来をきりひらこうとしていた音楽言語、（音楽的ロマン主義）をも。モーツアルトはこれらすべての音楽言語の達人となったが、そのいずれの巨匠でもなかった。

「モーツアルトはインターナショナルなのではなく、エクストラナショナル（脱国家的）なのである」（オカール）

モーツアルトを論じた書のなかで、わたしはたびたび引用したジャン・ヴィクトール・オカール（一九一〇〜一九九五　ユダヤ系フランス人）の『比類なきモーツアルト』に、必ずしも十分な理解は及ばないけれど、親しみを感じている。

彼は、モーツアルトの音楽は「ユニークだ」というロッシーニの言葉から論述を始める。「ベートーベンは偉大だ、しかし、モーツアルトはユニークだ！」ユニークということは、他に優れたという意味ではなく、他からかけ離れていること、比較しようのないことを意味する。「モーツアルトの音楽は、他の作曲家の音楽を聴くようには聴くことは出来ない」とオカールは言う。

そのユニークさのひとつが、すでに論じたように、彼が天性と努力によって身につけた音楽言語の多様性にあった。

もうひとつのユニークさについてオカールは、次のように述べている。

「モーツアルトは生涯を通じてある深い希求を抱き続けた。彼の求めたのはロマンティクな夢幻への憧れでもなく、来世に頼もうとする宗教的な信仰でもなかった。彼が求めたのは認識と思考のレベルにあって人生の真相を、可能な限り明晰に把握したいという願望であった」

「つまり、この希求とは本来的に自分自身が、一体どんな存在なのかを知りたいという欲求なのである」

この文章を読んで、わたしは、ゆくりなくも、モンテーニュの「エセー」との深くて強い共通点を見出す。もちろん音楽芸術家であるモーツアルトは、自分の希求を音楽という表現手段（即ち音楽言語）で追求したわけで、言葉によって探求したモンテーニュと単純に比較して論じるわけには行かない。その上、わたしには、音楽言語を解読する実力は全く備わっていない。というわけでその共通点の理解といっても、極めて表面的な理解でしかないのは、言うまでもないのだが。

　このところ、父親とその子どもの関係についていろいろと考えてきて、モンテーニュに続き、モーツアルトについて若干調べていたが、ある日こんな夢を見た。

　わたしは、どこか雲の上のようなところにいた。足元まで垂れ下がる白い服を着た人たちが数人集まって、なにやら心配そうに話し合っているのに気づいてわたしは近づいて行った。するとリーダー格の一人が「若いものの一人の姿が今朝から見当たらない。あるいは地上に落ちてしまったのではないか」と小声でつぶやくのが聞こえた。その子どもの名前は、ひょっとするとアマデウスと言うのではあるまいかとわたしは考えたが、夢はそこで覚めてしまった。

参考文献

『比類なきモーツアルト』ジャン・ヴィクトール・オカール（白水社）

『モーツアルトの二つの顔』磯山　雅（講談社）
『モーツアルト』西山尚生（音楽之友社）

マルグリット・ユルスナールとその父

重厚な歴史小説「ハドリアヌス帝の回想」や「黒の過程」の作者であるフランスの女流作家、マルグリット・ユルスナール（一九〇三〜一九八七）は、晩年あるインタヴューで父親についてかなり詳しく語っているが、それによると、彼女の父はまれにみるユニークな人物であったようだ。（「目を見開いて」マチュー・カレーとの対談）

マルグリットの父親ミシェル・ド・クレイヤンクール（一八五三〜一九二九）は中世の「ブルゴーニュ公国」に暮らした有力貴族に連なる家系に生まれた。一族は裕福で、社会的地位の高い人々を輩出していたが、その父親即ちマルグリットの祖父、ミシェル・シャルルもフランドル地方の町、リール（ベルギーとの国境にちかい街）の高級官僚を務めた人で、その地方の政界、経済界における有力者でもあった。

　ところが娘によれば、父ミシェルは生来「冒険好きで、信じがたいほど衝動的で、独立心が強く、一切の干渉に反抗し、今日では考えられないことだが、明日のことは一切気にかけない人」だったという。彼は名門貴族の家を継いで地方名士になるなどという意識は全く持っていなかった。そんな彼だったが、その父親は、辛抱強く面倒を見てくれた。

　一方、母親は、現実的な世界での繁栄と、安全を専らとする、「資産家のブルジョワ女の典型」で、ミシェルと全くそりが合わなかった。

　もちろん、ミシェルは単なるぼんくらな蕩児ではなく、文学に通じ、ラテン語やギリシャ語など語学も得意だった。しかし、若いミシェルが好んだのは、馬術であり、美しい女性との交際であり、なかんずく賭け事だった。あまり熱心に勉強した様子はないが、大学での学業を終えると周囲の思惑など無視して突然軍隊に一兵卒として入隊してしまった。一八七三年二十歳のときのことである。地方都市の有力官僚になり、いずれ貴族として家を継ぐなどということは真っ平ごめんだった。宗教家になる？　とんでもない、俗物的なキリスト教など、まさに彼の忌避するところだった。

「芸術」を志すのはどうか。しかし、彼には、自分が将来偉大な詩人や、画家になれるとは思えなかった。そこで、軍隊だ！（とさしたる確信はなかったようだが）、と考えたのだろうと、娘は語っている。ミシェルは何事においても、自らいったん決断すると、その考えを変えるような人間ではなかった。その一族の歴史の中で、軍人などを持たないミシェルの父親は困惑するが、息子の意志は尊重する。そこで友人であるマク・マオン元帥に、息子にしかるべき配慮を払ってくれるよう、ひそかに頼み込むのだった。

順調に始まった軍隊勤務だったが、彼の博打好きが身の破滅を招く。負債を免れるために、彼は軍隊から脱走、あろうことかイギリスに逃亡してしまう。イギリスでは、ある女（人妻）と同棲生活を始める。生活費は中学校の臨時教師や馬術の教師などをして稼いだらしい。ただし、窮地に陥れば父親に援助を求めた。寛容な父親は、細君に内緒で援助を惜しまなかったという。

数年たって、女との関係がギクシャクするとフランスに戻り、軍に復帰する。ところがやがてまた、ロンドンの女が恋しくなり、再度脱走する。国法によって、今回は、十五年間（四十五歳になるまで）の国外追放に処せられた。そんな彼が、一八八三年三十歳のときに、ベルギーの貴族の娘ベルトと正式に結婚したのは、高齢となった父が、なんとか息子を一人前に、と考えた苦肉の策だった。故国フランスには帰還できないけれど、隣国のベルギーであれば、問題はない。国外追放の身分であっても、息子は自分の近くで支障なく暮らしてゆけると思ったゆえだ。ミシェルは父親に対する感謝の念は抱いており、また父親をこころから愛していたから、素直に父の勧めに従った。

しかし、結婚して、立派な家庭を築こうなどと言う気はさらさらなく、これまで同様気ままな生活を送った。妻もまた気ままで陽気な性格だった。ふたりはまるで、「スケートリンクで滑るような」享楽的な自由気ままな暮らしぶりだった。彼らは一人息子をもうけて、老いた父親を安心させはした。

父親のミシェル・シャルルは一八八六年に死亡。また妻のベルトは一八九九年に病没する。

その後ミシェルはベルギーの貴族の子女、フェルナンド（一八七二〜一九〇三）と再婚。一九〇〇年四十七歳のときだった。

一九〇三年、ミシェルとフェルナンドの間に生まれたのが、マルグリット・ユルスナールである。不幸にも母親のフェルナンドは産褥熱で亡くなってしまう。

マルグリットは父の実家やその所有する領地モンレアールの邸宅で、父の一族とともに暮らした。一族にはいろいろな人がいて、母のない彼女だったが、別に寂しいとは思わなかったと、インタビューでは語っている。彼女はむしろ、親族以外の使用人や、屋敷に出入りする庶民的なひとに親近感を覚えたという。ブルジョワの特権階級意識に染まることはなかった。父親は、すでに壮年に差しかかり、以前ほど奔放な生活ぶりではなく、娘の養育にも気を遣うようになっていたようだ。

一九一二年、一家に君臨していた、マルグリットの祖母がなくなると、父ミシェルが一家の財産を自由にすることが出来たことも、彼の気持ちを落ち着かせたのかもしれない。もちろんミシェルはその財産を維持発展させる気持ちはなく、惜しげもなく浪費する。彼は地方の拠点を引き払い、パリに生活の拠点を移した。妻をなくしたあともその時々の愛人との旅行などに明け暮れて、自由な生活を楽しんだ。マルグリットはそういう父親に連れられて、ヨーロッパの各地を旅行し、いろいろな人々と接した。

マルグリットは学校には通わなかった。父は基本的な教育を自分のもとで授け、足らざるところは家庭教師をふんだんに雇い入れて施したようだ。また、パリにおいては、美術館や劇場に連れてゆき、読書に対する興味も植えつけた。マルグリットは極めて聡明かつ早熟で、八歳の時にはアリストファネスやラシーヌの戯曲に親しんだと語っている。

一九一四年（十一歳）第一次大戦勃発。父親とともに、ロンドンに渡る。そこで、ラテン語、英語を学び始める。大英博物館でハドリアヌス帝の胸像を初めてみる。

一九一五年（十二歳）、戦時下のパリで家庭教師による学習を続ける。古代ギリシャ語の学習開始。さらにイタリア語。彼女は短期間でイタリア語の詩を読めるようになったという。

一九一七〜一九二一年（十四歳から十八歳）。

父とともに南仏の各地を転々としながら、さまざまな家庭教師のもとで、学習を継続。一九一九年、ニースでラテン語・古典ギリシャ語の大学入学資格（バカロレア）に合格した。この時代に、父親と二人で文学作品をふんだんに読み、文芸への理解を深める。

「十三歳のころからあとは、わたしたちは、お互いに対等だと感じていました。……父はとても優しく、（保護者的、指導的に振る舞う世間一般のような）父親として振る舞ったことはほとんどありませんでした」

「父親とは思春期と青年期には、お互いにとてもいい関係で、楽しい交流がありました。まず第一に正確さと真実を愛するこころを最初に植えつけてくれたのは父でした。父は一冊の本の判断には十分な時間をかけることを教えてくれました」

父親ミシェルは、話し合いにおいて、どうしてそんなことをするのかとか、どうしてそんな風に考えるのかとか、尋ねたりしなかった。あなたは間違っているといって反論することなど、一度もなかった。彼の望みは前向きに生きることで、それこそが会話を交わすときに重要だと考える唯一の方向だと思っていた。対立点はさておき、一致できる方向に進むことが大事だと、父は考えていたのだ。

十六歳のとき、イカロス伝説に構想を得た韻文劇「キマイラ」を創作。一九二一年自費出版。タゴールの賞賛を得る。一九二二年詩集『神々は死なず』を自費出版。その際父と相談してし、筆名をユルスナール（クレイヤンクールのアナグラム）とし、生涯使用することになった。

一九二二〜一九二六年（十九歳〜二十三歳）

父方の家系の歴史を題材とする長編小説を構想。一九二四年、父ミシェルと、ヴィラ・アドリアーナを訪れる。はるか後年に作品化を実現することの出来た「ハドリアヌス帝の回想」の構想を得る。イタリアに滞在し、ムッソリーニのファシズムの政治活動に触れる。以後、現代史、社会主義、無政府主義思想、十九世紀ドイツ哲学、イギリス哲学、などの書物を読み、思索の幅を大きく広げる。源氏物語など東洋文化にも目を向ける。「文学士号の取得」を考えるが、結局放棄。学者としてより小説家としての道を選択する。

一九二六～一九二九年（二十三歳～二十六歳）

父、ミシェルは英国人女性と結婚。マルグリットは雑誌に評論や詩を発表するようになる。一九二八年から一九二九年にかけて、中篇小説「アレクシス、あるいは空しい戦いについて」を執筆、出版。父ミシェルはこの作品を原稿段階で読み、「これほど澄み切った物語を読んだことはない」との感想を漏らす。

エドモンド・ジャルー、ポール・モランなどが書評で賞賛。マルグリット・ユルスナーの存在は、フランス文壇で知られるようになる。

一九二九年、父ミシェル、ローザンヌで死去。（七十六歳）

以上、マルグリットのフランス文学界へのデビューまでの概略を年譜によって概観してみたが、その道程をみると、父ミシェルの影響がいかに大きかったかが見て取れよう。決して表立った指導や助言などはしなかったろうが、常に娘の動向を注意深く、温かく見守っていたものと思われる。彼女のその後の執筆活動の方向づけに父の影響は計り知れないものがあったと考えてよい。その様相は、あえていえば、嘗てエラスムスが唱導し、たとえば、モンテーニュの父が実行した「児童の自主性を重んじた教育」が、はからずもミシェルの手でマルグリットに施されていたと推測しても、あながち間違ってはいないような気がする。

後年マルグリットは、父について、以下のように語っている。

「父の人生は外目には、気違いじみた失敗した人生と見えたでしょうが、彼の死は非常に立派な成功した人生と言う直接的教訓を私に与えました。父は自分の人生はとても充実したものだと、感じていたのです」

「彼は正確に自分のやりたいこと、自分の好きなことをやったのです。ほかの事は気にかけませんでした」

　以上見てきたマルグリット・ユルスナールとその父親の、めったに見られない、自由で対等な、そして親密な姿に接すると、ある種の高揚感を禁じえない。もちろん、マルグリットが重厚で、奥行きの深い小説作品の創作を実現するのには、自身の長い年月にわたる努力と経験の積み重ねが必要であったことはいうまでもない。とはいえ、娘・マルグリッドの少女期から青春期まで、黙って見守っていた、永遠の蕩児、父ミシェルの娘を見つめるまなざしの優しさと深さは、限りなく貴重なものであったと、つくづく思うのだ。

参考文献

『追悼のしおり』『北の古文書』『なにが？　永遠が』（白水社）
『目を見開いて』（対談）（白水社）

漂流する父

パトリック・モディアノ（「パリ環状通り」）

パトリック・モディアノは一九四五年、パリ郊外のブローニュ＝ビヤンクールに生まれた。父はイタリア系ユダヤ人、母はベルギー生まれの女優であった。ふたりは一九四二年ナチス占領下のパリで出会い結婚した。しかし、父は占領下のパリで、ユダヤ人であることを隠して生活していて、その結婚は合法的ではなかったという。

戦後の混乱の中で成長したパトリックは父母の十分な庇護は受けられず、母方の祖父母ほか他人の手で育てられ、学生時代は大方寄宿学校で送ったようだ。

その後彼ら親子は同じアパートで暮らすようになったが、父は妻子とは同居せず「麦わら色の髪の毛の、一見ミレーヌ・ドモンジョ風の神経質な女」と別の部屋で暮らしていた。

モディアノが十八歳のとき、事件が起こる、母親の言いつけで、まだ未払いの養育費を父親の許に貰いに行った息子は、父の愛人から、暴漢扱いを受けて、警察に連行されてしまう。同行した父親は、少年をいっさい庇おうとしなかった。「警官が私たちを署長室に連れてゆく。父は署長にそっけなく、こいつは〔不良で〕十七歳のときから家の中で騒ぎばかり起こしているんですよ」と釈明する。（小説「パリの尋ね人より」）

パトリックはそのころすでに小説を書き始めていて（「エトワール広場」）、その中で父親が占領下のパリで体験した不安を、わがことのように引き受けていただけに、自分を非行少年扱いして平然としている父親にひどく理不尽なものを感じたのだった。父と私は警察署を出る。息子は父親にあんな些細なことでどうしてこんなさわぎになるのか。あなたが、愛人を説得すれば、警察騒ぎにする必要などなかったのではないか、なんで「警察に通報して警官の前で、僕に罪を着せる必要があったの？」と尋ねるが父親は何も答えなかった。

「父とわたしは帰る道すがらずっと、家に着いて階段を上るときも一言も口を利かずに別れた。翌年二、三度父に会ったと思う。八月に父は私の兵役手帳を盗み私を強引にルイの兵営に入れようとしたのだ。その後はもう二度と父に会うことはなかった。」（「パリの尋ね人」）この実体験は後年小説「パリ環状通り」の中で次のように作品化されている。

小説「パリ環状通り」の時代背景は、フランスのナチスドイツ占領下時代に設定されている。ちなみに彼がその作品の時代背景に占領下を選ぶのは、それが一種独特の不安と混乱に満ちたイメージをもたらすからだという。モディアノの占領時代とは、もろもろの価値の崩壊にさらされた混乱する現代社会と、二重写しとなった、いわば神話としての占領時代なのだ。主人公の父親はトルコを亡命してきたユダヤ系の人間で、生みっぱなしにした主人公の少年がボルドーの「聖アントワーヌ高等中学」の寄宿舎で暮らしているときに突然現れて、十七歳の少年にたいし自分が父親だと名乗る。そして、これまでは「事業」が忙しくて自分が生きていることすら知らせることが出来なかったが、これからはずっと一緒にパリで生活するのだと告げた。

　父親の事業なるものは、ひどく風変わりなものだった。父は「フランス蒐集家協会」の会長を名乗り、フランス全土に散らばった二十人ばかりの気違いじみた蒐集家相手に、骨董品を売りつける商売をしていた。気違いじみたコレクターがほしがるものは、例えば昔の商工年鑑、コルセット、水煙管、貞操帯など、珍妙な骨董品ばかりだった。しかし、その取引は、それなりに稼ぎをもたらすのだと言う。

　作家志望の主人公の少年は、父の仕事を手伝う傍ら、フランス文学史に精通したその知識を利用して、古書蒐集家に初版本を売りつける仕事にとりかかる。何の変哲もない初版本に、彼が捏造した、著作者の意外な一面を暴露する献辞を書き記し、収集家に売り飛ばす仕事だった。わりと簡単にその筆跡を真似ることの出来る作家たちになり代わって、嘘っぱちの献辞を記すと、その古本は、かなりの値段で古書愛好家に売りさばけたのだった。そうして、親子は、混乱の時代ならではの、いかがわしい商売をしばらく一緒に営みながら共同生活を送った。

とはいえ、長い間疎遠で、しかもなにやら曖昧な暮らしぶりの父親と思春期の主人公の、かなり屈折した交情は、通常の親子のような自然なものではありえなかった。父親は、息子が大学入学資格（バカロレア）を取得していることに、異常な敬意を払ったが、それは息子を誇らしく思う気持ちからではなさそうで、自らがユダヤ人亡命者であることを隠蔽する手段として有効だから、と言ったような理由も一因であったようだ。

二人の生活は、ある日突然の事件で破綻する。そのころ、父親はすでに廃線になった「パリ小環状鉄道」の復活に意欲的になっていた。その試みに父親は息子をつき合わせる。しかし、その計画には現実性がほとんどなく、やがて父親も、その熱狂からさめてしまう。いろいろ調査した結果、その計画の不具合を確認した日の帰路、二人はメトロの「ジョルジュ・サンク駅」の乗り換えホームで列車を待っていた。ラッシュアワーのようにホームは混雑してきた。「私は最前列の線路際に押しやられてしまった。後ずさりはできない。わたしは首を回して、父を見る。その顔は吹き出た汗で汚れている。ゴオーと電車の音がする。ちょうど電車がホームにさしかかった時、突然誰かが私の背中を乱暴に押した」

幸い誰かがホームのほうに引き戻してくれたので、事故にはならず、気がつくと少年はベンチに横たわっていた。警官が来る。護送車で警察に送られる。父も黙ってついてくる。警察署の中で時間が経過する。父はいらいらしながら手をしきりにこすって、おびえた目で幾度もこちらを窺う。主人公は、次のような明白な事実を認めざるを得ない。すなわち、誰かが私を突き落とし、電車でひき殺そうとした。そしてその誰かは、私の横に座っている、この近東風の男、……証拠は彼の認印の着いた指輪が、肩の骨に当たるのを感じたからだ。もちろん、そのことを警官に言うことはなかった。事件はうやむやに終わったが、父の自分に対する感情は、十分自分に伝わっていた。

それから約十年して、主人公は、父親にふたたび出会うことになる。しかし、父親は彼の存在に気がついていないようだ。いや気づいていても、それを表にはださない。その顚末は作品そのものにゆだねる。ここでは、現実同様極めて酷薄な態度を見せる父親に対する、その子どもが抱く感情を追っておこう。後に、主人公は回想する。

「あなたはあまりいい思い出は残してくれなかった。しかし、十年も経つと、いろいろあったことは、べつにたいした事ではなくなり、あの〈ジョルジュ・サンク駅での悲しい出来事〉についても、とやかく言う気はなかった。……たとえあなたが私を、本当にメトロの線路に突き落とそうと望んだとしても、……貴方のケースは別に例外的なことではないのだ。父が息子を殺そうとしたり、厄介払いをすることは、未曾有の価値混乱の今日にあっては極めて象徴的なことだと、私には思える。かつては逆の現象が見られた。息子が筋肉たくましいところを誇示して、父親を殺そうとした。けれども今では一体誰に殴りかかればいいのだろう。孤児である我々は父性のしるしを求めて幻影を追いつづけるように運命づけられているのだ。しっかりとそれをつかむことは不可能。それはいつもこの手から逃れる」

　モディアノは「パリ環状通り」の序文にこう記している。

「ドイツのある社会学者によると、現代は〈父〉亡き時代である。かつては、父は伝統的な社会の要石であったが、父のイメージは徐々に風化した。父はもはや権威、道徳、安定、均衡などといった価値の象徴ではありえなくなった、と。そして、わたしたちの生きている社会は日々激しく変貌する。もはやわたしたちは、しかとした目印も、頼るべき伝統も、根を下ろすべき土壌ももたない。誰一人として、わたしたちの水先案内をしてくれない。」

　モディアノの描く、曖昧で、とらえどころのない小説世界の根底には、彼の父性という概念の喪失感がべったりと張り付いている。

スザンナ・タマーロ（「天使はみな恐ろしい」）

スザンナ・タマーロ（一九五七年生まれ）はその自伝的長編「天使はみな恐ろしい」のなかで自分の父親についてこう記している。

「一九七六年の夏が終わろうとする頃、父が、この世に産んでくれたことを除けば、ひとつだけ私の人生に役に立つことをしてくれた。父は、ローマに映画監督養成の学校があるのを、わたしに教えてくれたのだ。」

　スザンナ・タマーロの両親は、二人ともイタリア北部トリエステのブルジョワ階級の出身で、比較的恵まれた家庭に育った人たちだった。しかし、それぞれ戦前生まれで、戦前の生家の繁栄振りを多少享受していたために、戦後の零落した生活に対し、なにかと不満を抱いていて、幼いながら昔を懐かしむ傾向が強かったようだ。

　それでも母方の祖父は田舎出の元軍人で、戦後の混乱期を意欲的に生き続けた人であった。そしてその妻、即ちスザンナの祖母は若いころから、ブルジョワ的生活に違和感を感じていた人で、戦後の自由主義的な空気をむしろ歓迎する性向の人だった。

一方父方の祖父母は、第二次大戦後は積極的に生きてゆく意欲をなくしていて、不動産収入だけに頼る暮らしだったようだ。だが、戦前の裕福なブルジョワ的エリート意識だけは濃厚に持ち続けていた。スザンナの父は一応大学の法学部を出ていた。

スザンナの両親が結婚した経緯は述べられていないが、外見は良家の息子然としていて、ダンディな青年に、夢見がちな若い娘が首っ丈になったというようなことであったらしい。

しかし、結婚後しばらくすると、父は家庭をかえりみることなく、きままに暮らすようになる。彼にはどこかの事務所に就職して地道に暮らすことなど考えられなかった。他人に使われるのを極端に忌避する性向は、彼の血筋にも原因があったらしい。一族の一人は、やむを得ずある会社に就職したが、出勤当日ピストルで自殺したという。

父は元来遊び好きでお人よし。しばしばなにやらいかがわしい仲間と事業めいたことを試みては失敗し、金を失うということを繰り返した。たまに家にいるときも、口を開けば自分はダーウィン主義者で、子供は適者生存の原理の下で生きてゆけばよいと言う。親にとってまことに都合のよい考えを振り回して、子どもの養育には配慮する気がなかった。

紆余曲折のはてに、両親は離婚する。カトリックの信者だった二人の離婚は簡単ではなかったが、宗教裁判所において、妻側の辣腕弁護人は、この夫は「フリーメイソンである」という理由で離婚を成立させたという。その夫にはどこを叩いてもフリーメイソン的な要素はなかったのだが。裁判費用などはすべてスザンナの母方の祖父が負担してくれたようだ。

離婚後、母親はかねて望んでいた画家の道を志すようになる。彼女の目指したのは当時流行だったオプティカルアートの分野だった。その仕事で知り合った男と、母親は再婚する。しかし、新しい家庭は、スザンナにとって決して恵まれたものではなかった。その頃から、母親は精神に変調をきたし、あきらかに多重人格の傾向が現れる。また新しい父親なる男は、ユダヤ人蔑視の念で凝り固まっていて、ユダヤの血を引くスザンナを事あるごとに虐待した。ようやく事態の深刻さに気づいた母方の祖母が、スザンナの窮状を救ってくれなければ、彼女は自堕落になって麻薬に溺れるか、自殺するしかなかったようだ。

映画学校に入学すると、スザンナはローマに出て、父親との共同生活を始める。実の母親に邪険にされ、新しい父親なる男に虐げられていた頃、夢みていたのは、実の父親との生活だった。その夢が実現したわけだ。

父親はすでに四十六歳になっていた。生活は相変わらず安定していなかったが、見かねた友人の一人が、ある週刊誌の校正の仕事を世話してくれていた。彼はある建物の半地階の狭い部屋で一人住まいをしていた。あれほど嫌っていた日常的な仕事に縛られる生活を送らざるを得ない境遇に落ちぶれていたのだ。

スザンナは、半地階の狭隘な部屋に隣接する小部屋に、父が用意した折りたたみ式のベッドで寝起きすることになる。父親は内心共同生活が始まれば、自分が娘に面倒を見てもらえるのではないかと期待していた節がある。いっぽうで娘は優しい父親らしい父親を期待していた。しかし、自堕落な父親と、家事など一切出来ない娘、双方の期待が裏切られるのにさほど時間は掛からなかった。

再会した父親が話題にするのは、中国の文物のことばかりだった。父は母と別れると、中国に行ったという。タオイズムに没頭したらしいが、好きになった女性が香港にいたためでもあったらしい。いずれにしても、タオイズムへの傾倒は、夢想家の気まぐれでしかなかったものと思われる。中国で生活することに失敗するとイタリアに戻り。知人の世話などに頼って、最低の生活を送っていた。そして、ご多分にもれず、かなりのアルコール依存者だった。

それだけに、突然始まった娘との共同生活に期待することは大きかったろう。しかしこの父親は、あくまでも自己中心的な夢想家だった。娘に対して、その振る舞いや、服装についての見解を語ることはあっても、彼自身は、どういう父親であるべきか、というようなことは全く念頭にないようであった。

「父は自分の唯我的な自己中心的な話題に囚われていて、私に対して何かを尋ねたり、私の考えや、生き方について興味を持ったり、私に関する話題を取り上げようとすることとすらなかった」

そういうわけで、学校に通う娘と、仕事と称して夜遅く帰ってくる父親の共同生活は終焉を迎える。娘は学生用のアパートを見つけて引っ越してしまう。

スザンナが在学した七〇年代、映画学校は時代を反映して、全く無秩序で自由な雰囲気の場所で、映画本来の技術を講義する時間も少なく、大方が若い芸術家志望の若者たちの、芸術、社会、政治などを巡る討論の場に変わってしまっていた。スザンナはそんな自由な雰囲気で、小説を書き始め、一九八九年処女作「うわの空で」でエルザ・モンテ賞を受賞するなど小説家として自立してゆく。一方父親は年を取るほど孤独で風変わりな人になっていった。しかし、その娘スザンナは「ダーウィン主義者ではなかったから、父が受け入れる限りは最後まで父の面倒を見た」。父親は七十歳すこし前に亡くなる。肝硬変による内臓出血だった。

スザンナは記す。自分は両親から物質的な遺産はわずかしか受け取らなかったが、性格的に引き継いだものは豊富だった。

母からはいつも立ち直る元気を。どんな困難にも笑って立ち向かう勇気と情熱を。料理、ガーデニング、デザイン、刺繍、大工仕事など手仕事が好きなことを。

父から受け継いだのは、目に見えない、とらえがたい資質だ。外見に対する無関心、刺激の強い食べ物への好み。いわゆる実力者を敬遠する生き方。人間関係において、失敗しやすい、他人と何事もなく付き合うことが出来ない偏屈さ。

私は、父と同じように一匹狼的な、野良犬的な精神の持ち主で、あらゆる型にはまったものに対してはつねに反抗的になる。彼らが私に伝えたネガティブな気質は、しばしば、自分に耐え難い苦悩を与えるが、まさにそういう気質が今の私を作ったのだ。

スザンナの父は現実的には娘に対してほとんどプラスの要素を残さなかったが、彼女が小説家として自立するための要素を、図らずも与えてくれていた。筆者としては、父親の死後そんな風に父親を受け入れられたスザンナ・タマーロの、こころのあり方に賛意を表するにやぶさかではない。

ジョゼ・エドゥワルド・アグアルーザ（「わが父の女たち」）

アンゴラの作家、アグアルーザ（一九六〇年生まれ）の長編「わが父の女たち」（二〇〇七）は、アフリカ大陸の南部の主要な都市を舞台にした壮大なスケールの小説である。主人公は六〇年代から七〇年代にかけて活躍した伝説的、天才ジャズミュージシャン、ファウスティーノ・マンソ。言い伝えによれば、彼のピアノ、およびコントラバスの演奏は、当時のアフリカ・ジャズ界では並ぶもののないものであったという。

一方で彼は、ドンファン的な存在で、生まれた町ルアンダ（アンゴラ）に正妻がいたが、アフリカの南部の各地、たとえば南アフリカのケープタウン、モザンビークのケリマーネ、モザンビーク島などで、時を違えてだが、多くの女と生活した男だった。正妻を含めて七人の女性と同棲し、十八人の子どもを残した。様々な女性と生活したのは、専ら彼が音楽活動の場をアフリカ南部の主要都市の遍歴に求めた結果であった。彼は女性に優しく、彼に出会いその演奏に魅了されると、誰もが彼の虜になってしまう存在だった。

　登場人物の中で主要な位置を占めるひとりは、リスボン在住のラウレンティーナ。三十歳前後と思しいドキュメンタリー映画の女性制作者である。彼女の父はポルトガル人のダリオ・レイス。母ドロテイアはモザンビーク出身のアフリカ人だった。その母親が亡くなる直前にラウレンティーナは、母親から彼女の出生の秘密を打ち明けられる。彼女の実の母親は、実はモザンビーク島にいまでも生きていると思われる、インド系の女性だ。そして父親は、音楽家ファウスティーノ・マンソだというのだ。

　父のダリオはモザンビークがまだポルトガルの統治下にあった時代に、ポルトガル語の教師としてモザンビーク島に渡り暮らしたが、一九七三年まだ十五歳だったドロテイアを見初め結婚した。そのときダリオは四十九歳だった。二年後ドロテイアは妊娠したが、死産に終わった。その出産の時に、若いインド人の娘が同じ病院に入院していたが、その娘は、ファウスティーノ・マンソの子どもを宿していた。しかし、裕福なインド人の商人の父親は、断固として出産を許さなかった。そこで、その若い不幸なインド娘を説得して、産んだ子供を、ダリオとドロテイアが引き受けて、死産だった娘の代わりに育てることにしたのだという。

　モザンビークは一九七五年にポルトガルから独立。島における生活の根拠を失ったダリオ夫婦は、リスボンに戻る。出生のいきさつを知らされて、かねてから、興味を抱いていた、一度はアフリカを訪れたいという気持ちが、ラウレンティーナには抑えきれなくなる。両親が暮らしたアフリカ、実の母が生きているかもしれないアフリカ。実の父親ファウスティーノ・マンソという人は一体どんな人なのか。

　ラウレンティーナは、恋人で、ドキュメンタリー映画制作の協力者で、音楽家のマンデューメ（彼の出自もアフリカにある）を誘って、アフリカを訪れることにした。

　ルアンダに到着した日に、彼女は例のＦ・マンソの死亡記事を、ルアンダ・

ジャーナルという新聞で目にした。追悼文を読み、葬儀の場所を知ると、伝《つて》は何もなかったが、葬儀の場所を訪れた。自分もF・マンソの子どもだと恐る恐る名乗りを上げると、彼女は、マンソの正妻アナクレータとその一族、縁者から思いがけない歓迎を受ける。

　それを契機に、ラウレンティーナはF・マンソの足跡をたどってアフリカ南部の都市を遍歴する旅に出ることになる。アナクレータの孫である、文筆家を名乗る、バルトロメオが遍歴旅行の先導をしてくれることになった。彼らは時速二十〜三十キロしか出ない、現地のぼろ車に同乗しアフリカの悪路を巡ることになった。細部は割愛せざるを得ないが、この道中記が、実はこの小説の最も重要かつ興味深い要素なのだ。

　アフリカの、想像を絶する自然、各都市の混乱振り、人々のバイタリティと悲哀のまぜこぜになった様相。現地社会における、植民者とその末裔の行状等々。

　さて、一行はおんぼろ車（その運転手ポカ・ソルテの生涯もまた極めて興味深いものなのだが）を駆って伝説のミュージシャン、F・マンソの、芸術活動と、恋の足跡をたどってゆく。その果てに、ラウレンティーナの実の母が住むというモザンビーク島に到達する。そこで、ラウレンティーナは、意外な真実を知ることになる。

　実の母親アリーマは島の修道院で、一人つつましく老年を迎えていたが、彼女の語るところによれば、実は彼女が産んだ子どもの父親はF・マンソではなく、既婚者のポルトガル人だったというのだ。アリーマはその男を深く愛していたがゆえに、両親にもそのことを話さなかった。また、ラウレンティーナが現地の医師に確かめたことでもあったが、F・マンソはそもそも、子どもを生ませる能力が、生まれつき備わっていない男だったということが判明する。それでは一体彼の「七人の女と十八人の子供」の存在は、どう理解すればよいのか。

　実の母親のアリーマが打ちあけた既婚者とは、言うまでもなくラウレンテーナの父ダリオその人であることを知る。モザンビーク島には、ダリオが産ませた女子がもう一人いることも、遍歴の間に知ることになる。

長い旅から帰ったラウレンティーナがダリオと再会する場面は以下のようになっている。


……ダリオはリスボンの空港で待っていた。私はタクシーに乗って、私のアパートに向かった。わたしは父に対し限りない疎ましさを抱いた。彼もそれに気づいていた。しかし、何も語らなかった。キッチンのテーブルに座りお茶を飲んだ。ダリオは恐る恐る、旅はどうだったかと尋ねた。ドキュメンタリーを制作するための資料は十分集まったか？　それから、咳をして勇気を奮って何が起こったのかと尋ねた。

「君が思い悩むことは起こらなかったのか？」

わたしは怒りを含んだ目で彼をにらんだ。

「アリーマがすべてを話してくれたわ」

「彼女に会ったのだね」そう言うとダリオは立ち上がり窓辺に行った。

「会うと思っていたよ」

「すべてわかっていたのでしょう？」

彼は吃驚したように私を見た。

「何が言いたいのだ」

「アマーリが何も言わないとでも思っていたの？」

「判ってくれ。あの当時はそうするしかなかったのだ。二人の女を養うことはできっこなかった」

「三人でしょう。あなたはモザンビークにもうひとり娘を置き去りにしたのよ。ジュリアーナをね。その母親はアナデラセルタ。覚えている？ それとも忘れてしまった？」

ダリオはわたしのほうを向いて壁にもたれた。それから椅子に座った。

私はこういった。「わたし、妊娠している。子供が生まれるのよ」

「それはよかった。」とダリオは呟いた。彼は悪いことは過ぎ去ったと思ったに違いない。

「いい知らせじゃないか。いつその子の父親に会わせてくれるのかな?」

わたしは、彼に笑いかけた。なぜ無理に笑ったのだろう。恐らく彼の関係した女たち全てに対し激怒していたからだろう。わたしは彼をにらみつけて、こう言った。

「父親はいないのよ。生まれた子供は、父親を持つことは決してないわ」

この小説を、現実離れした御伽噺として読み飛ばすこともできるだろう。しかし、「わが父の女たち」の底辺に流れる父性というもののあいまいさ、その存在の脆弱さを強く感じないわけにはいかない。

父親は、かつて、母親ドロテイアが亡くなった折、即ちラウレンティーナがじつは母親とは別の女が産んだ子だったと打ち明けた時に、「多くの真実を支えるためには一つの嘘が必要だった」と言い訳した。それら多くの真実に免じて、いままで事実を語らなかったのを許してくれと。しかし、本当は、父親の過去には、多くの知られざる事実が隠れていたこと、彼が如何に多くの嘘をついていたかが、今ではラウレンティーナにはわかってしまった。多くの嘘の中で、何が真実だったのか、果たして真実というようなものはあったのか。ラウレンティーナの絶望は底知れず深いものだった。

これまで、「父とその子」の関係を中心に、文学作品を読む試みを二度に亘って行ってみたが、モンテーニュ、モーツアルトなどを扱った初回と、モディアノ、スザンナ・タマーロ、アグアルーザ、三人の現代作家の小説世界における父と子の関係が、あまりにも異なることに、いまさらながら驚きと敢えて言えば恐れを禁じえない。

それは、ひとつには、作品の選択が、偏っていた結果だとも考えられるが、しかし、それだけではないだろう。一九四〇年代後半、すなわち第二次大戦の終わったあと、世界は本質的なところで、変質してしまったこともその原因のひとつではなかろうか。たまたま自分が、第二次大戦中に生を受け、戦後の世界を生きてきたために、自分の生きた時代をことさら特別のもと考えるという点を差し引いても、二十世紀から二十一世紀に掛けて、世界はこれまでの歴史に見られなかったような（致命的といったら言いすぎだろうが）変質を遂げたような気がしてならない。それは、産業構造の大変換であり、精神的な支柱としての宗教、哲学の喪失などであるかもしれない。その一方、科学技術の非人間的な発展。魔法を掛けることができてもその魔法を解く術を心得ない魔法使いの弟子のような、先進国の政治家、実業家、ジャーナリスト、科学者、技術者、その他の存在。もちろんその中に、日本人であるわたし自身も含まれているのだが。

いうまでもなく、世界はすべて画一的に、のっぺらぼうに、一様に変質したわけではない。それぞれの地域、あるいは社会にはそれぞれの特質があり、昔ながらの生活習慣が現に持続しているケースも多々見られる。そういう多様性を捨象して、現代とは、というように理論化、典型化することに、わたしは、常々疑問を感じている。

「文学」（むしろ文芸と言ったほうがいいのだろう）はそういう典型化、理論化とは別の世界に属するこころみであるとわたしは考える。

さて、父と子についてだが、わたしがこのところ、すこしばかり集中して読んできた作家について考えてみたとき、期せずして思い当たったのは、モディアノの記した「父の不在」という現象だった。

振り返って自分自身のことを考えてみても、すでに五十数年間、父親と言う立場を続けてきたのだが、はたして自分の存在は、子どもたちにとって何であったか、考え込まざるを得ないときもある。

つい最近も子どもの一人から、どういうきっかけであったのか知らないが、嘗て父親（すなわち、小生）から受けたDVまがいの行為について、かなり痛烈に批判を受けたことがあった。仕事にかまけていた時代、毎晩酒を飲み帰宅して、なかば無意識にとった行動が、子どもの目から見れば、まことに粗暴かつ、品性に欠けたものであったことは、うろ覚えながら、自覚していたが、ずいぶん時を経て、（みずからも子どもを育てる身となった息子が、自分の言動、行動を踏まえて）なおかつ、老人となった父親に痛烈な批判を浴びせるそのことから、父としてのわが身のいわば漂流性を自覚せざるを得なかった。

とはいえ、現代作家でも、例えば庄野潤三の場合などは、その作品も人物も、いわば古典的な、要石的な父親像を体現していて、読後ほっとした気持ちになることが出来る作家もいる。探がせば、まだまだそういう嘗ての父性を想起させてくれる作家もいるに違いない。

文芸作品に触れることには、様々な意味や収穫がある。だが年を取るにつれて、できるだけ慰めを得られるような作品に出会いたいという気持ちが強くなってくる。しかし、そういう甘えた気持ちはしばしば裏切られて、文芸作品に触れた結果、人生の様々な葛藤や深淵に引きずり込まれてしまうこともある。それでも、わたしは小説やエッセイや詩などを読む。

文芸は、信仰や哲学、あるいは学問一般とは一線を画したところに成立するもので、それだけに、自分の気持ちを捕らえて離さないものなのだと、やや開き直った心境が、いつもどこかにあるような気がするのだ。

あとがき

近年ほぼ十年間に、折に触れて書き留めたメモをまとめてみた。故人追悼、幼年時代の思い出、旅のメモ、読書の感想など雑多なテーマを羅列しただけのもので、専ら自分の慰めとしてまとめたものである。

今年八十歳を迎えたわたしは、まさに人生の黄昏のなかにたたずんでいるわけだが、ときおり、小学生の頃の通学路にそって広がっていた「かしならし」と呼ばれた雑木林のことを思い出す。今では、雑木林は伐採され住宅地になっている。幼いわたしは「かしならし」と言う名前の由来を知りたかったが、誰も確かなことは知らなかった。「かしらなし」が本当の名前で、むかし頭のない男がすんでいたのだと言う大人もいたが、まずあてにならないと思っていた。

いまだにその由来はわからないし、だいいち「かしならし」を知っている人ももうほとんどいなくなってしまった。
　あるとき、わたしは、たわむれにひとつの詩めいたものを書いて昔を偲んだ……。

　ふるさとの　今は幻の
雑木林のなかを歩みながら
樫を鳴らして吹く風の
楢を鳴らして吹く風の
椎を鳴らして吹く風の
風の言葉に耳傾けている

（二〇二〇年十月）

村野幸紀（むらの　ゆきのり）
1940年、東京生まれ。
1964年、慶応義塾大学卒業。
【著書】
『変奏曲』（2017年、飯塚書店）
『ペンナ・サン・ジョヴァンニの二週間』（2013年、冬花社）
短編集『イタリア組曲』（冬花社）

夕べの声

発行日　二〇二一年三月三十一日

著　者　村野幸紀

発行者　本多順子
発行所　株式会社 冬花社
〒二四八―〇〇一三　鎌倉市材木座四―五―六
電　話：〇四六七―二三―九九七三
FAX：〇四六七―二三―九九七四
http://www.toukasha.com

印刷・製本　シナノパブリッシングプレス

ISBN978-4-908004-43-8　C0095